Für Anni und Fanni

Danksagung

Allen meinen Freunden, vor allen Dingen Tina, Patrizia, Sigi,
Elena, Ursula, Regina, Katharina, Evelin, Charlotte und Ilona S.,
die mich mit wertvollen Ratschlägen und ihrer Warmherzigkeit
unterstützt haben, dieses Buch zu schreiben und an Lollo,
die mir durch ihre Liebe zu den Tieren eine neue Welt eröffnet hat.

Inhaltsverzeichnis

Meine Tanten

Uneigentlich ist ein Unwort, aber trotzdem waren meine beiden Tanten nur uneigentlich meine Tanten. Als sie anfingen, meine Tanten zu werden, war es die eine sowieso nur zur Hälfte und die andere hatte keine andere Wahl. Wenn sie das heute lesen würden, meine beiden uneigentlichen Tanten, käme todsicher: „Geh, leck mi doch am Osch!“, aus ihren leicht gespitzten Mündern und dieses „Osch“ wäre ihnen - den Tanten - leicht selbstverliebt über die Lippen geglitten. Dieses Wunderwort, nein, dieser Zaubersatz. Er gehörte zu ihrer Lebensluft, ein Satz der Liebe, manchmal nur hin geflüstert, gehaucht. Manchmal nicht mal mehr das, nur noch angedeutete Mimikry und ein Zurück gedeutetes „du mich auch“.
Dieser Kampf um das heiß geliebte „Geh, leck‘ mi doch am Osch“ entbrannte bei jedem kleineren Wortwechsel nur mit dem einzigen Ziel, der erste zu sein, der es in den Mund nehmen durfte. Das Recht, es leicht und locker wie ein Salzburger Nockerl dem anderen hinzuwerfen, wurde tagtäglich neu ausgefochten und - im Erfolgsfall - auch vom Besiegten anerkennend mit jenem schon beschriebenen „du mich auch“ respektvoll beantwortet.
Diese „Geh, leck mi doch am Osch-Welt“ meiner beiden Tanten ist die mittlerweile untergegangene Welt des frühen Münchner Viktualienmarktes oder die der „Händler der vier Jahreszeiten“ wie ihn Fassbinder einmal liebevoll als Filmtitel verwendete. Dieser Markt bestand damals - und sicher auch teilweise heute noch - nicht nur aus den dafür notwendigen Ingredienzien, er war vielmehr ein Markt der Menschen, der Schicksale, der Verhältnisse, wobei gerade die Verhältnisse eine besondere Rolle spielten.

Heute ist der Viktualienmarkt laut Internetseite der Stadt München ein Schmankerlparadies mit allen paradiesischen Genüssen einer wohlmeinenden und merkantilen Feinschmecker-Lobby, aber damals war er ein Bauernmarkt. Alles, was dort angeboten wurde, war meistens selbst produziert. Da gab es den sogenannten „Grünen Markt“, eine große Freifläche zwischen Westenrieder- und Frauenstraße. Hier kauften die Stadtfrauen ihre Butter am Stück und Eier von selbstgezogenen Hühnern, die das Wort Legebatterien vermutlich mit einem Schützengraben verwechselt hätten. Man konnte sie auch lebend kaufen - die Hühner und Gänse - falls sie nicht schon ziemlich gerupft ihre blauen Bäuche in der Morgensonne aufwärmten. Gleich daneben gab es all‘ das heimatliche Gemüse, was der bayerische Boden so hergab. Große knorrige Sellerieköpfe und erdig verdreckte Kartoffeln in allen Größen, mit und ohne Warzen, Tomaten mit Flecken und Dellen, zerkratzte Radieschen, die lose in der Kiste lagen, Gurken, die sich in alle Himmelsrichtungen verdrehten und bucklige Bohnen. Der heimische Blumen- und Rosenkohl war meistens etwas angeschmutzt, genauso wie die gelben Rüben respektive „Geiberuam“, eines der Hauptnahrungsmittel der damaligen Zeit. Der Knoblauch war - zumindest in meiner Welt - noch nicht so „en vogue“. Meistens lagen ein paar Knollen irgendwo hinter den übermächtigen Zwiebeln auf den armseligen Verkaufsständen, die auch in der Regel nur aus Obstkisten oder ein paar Brettern bestanden. Wer einen sogenannten Marktschirm hatte und nicht nach jedem Regenguss bis auf die Unterwäsche - falls er eine besaß - nass wurde, war schon etwas Besseres unter den Marktleuten. Direkt neben dem Grünen Markt oder eigentlich noch als Teil des Ganzen waren die Fische zu Hause. Ein paar Bretterbuden beherbergten neben den Wasserfässern, in denen die Fische schwammen, ein großes Holzbrett mit einem riesigen Schuppenmesser. Darauf kamen die zappelnden Starnberger Renken und die wunderschönen großäugigen gepunkteten Forellen durch einen kräftigen Schlag mit dem Messer zu Tode, wurden sofort entschuppt und der Kundin in die gestrige Ausgabe der Süddeutschen Zeitung eingewickelt, damit die Einkaufstasche mit dem erworbenen Stück Butter und den Eiern gleich den richtigen Geschmack bekommt. Die Fischhändler waren meistens kräftige Menschen, die sich aus Gründen des feuchten Gewerbes mit riesigen Gummischürzen gewandet hatten, um Nässe und Schuppen nicht direkt auf der Haut mit nach Hause zu tragen, aber sympathisch machte sie das nicht.

Die Reichenbachstraße führt direkt vom Gärtnerplatz zum Viktualienmarkt und mitten durch zum „Alten Peter“ und der „Heilig- Geist- Kirche“. Rechts und links des Platzes und nach unten sich ausbreitend stehen die festen „Marktstandl“, die schon immer in den Händen der gut verdienenden, mit allen Ingredienzien gewaschenen Händler waren. Wer dort die damals schon „lukrative“ Miete zahlen konnte, hatte mit den Eier-, Gänse-, Gemüse- und

Blumenfrauen am grünen Markt nicht das Geringste am Hut und sie mit den „Nobligen“ auch nicht. Da gab es früher auch schon fast alles und immer ein wenig teuer. Käse nicht nur aus bayerischen Landen, sondern auch von den europäischen Nachbarn angeliefert. Weine aus aller Herren Länder (soweit die Herren damals halt schauen konnten), heimische Blumen, aber auch schon Tulpen aus Amsterdam und duftende Gewürze, an denen die Stadtleute mit verwinkelten Nasen, die sie vorher noch im Käse hatten, vorbei schlenderten. Zwischen diesen festen Marktstandl‘n konnte man auch etwas gehobenere offene „Standl“ mit eigenen Schirmen finden, die einen sündteuren Spargel aus Schrobenhausen oder exklusives Obst, woher auch immer, den feinen Herrschaften verkauften.

Geht man dann weiter Richtung Marienplatz oder zum alten Rathausturm, dann findet man die „Petersbergl- Metzger“ direkt unterhalb des „Alten Peter“, wo man den Verlauf der alten Stadtmauer sehen kann, denn die Metzger mussten in früheren Zeiten wegen der Abwässer und vermutlich auch der Gerüche vor die Stadtmauer ziehen. Im Stadtgebiet bleiben hätten sicherlich die „Krenweiberl“ in ihrer fränkischen Tracht dürfen, die bis vor nicht allzu langer Zeit auch noch am Markt und Marienplatz zu finden waren. In ihren Weidenkörben hatten sie duftende Kräuter, Gewürze und den „Kren“ am Stück (Meerrettich) zum direkten Straßenverkauf und frisch aus ihrer fränkischen Heimat.

Im Internet kann man auch nachlesen, dass der Marienplatz früher Schrannenplatz hieß und als „Handelsort für Getreide und andere Agrarerzeugnisse“ da war. Und dass König Max I. Joseph - der beliebte Volkskönig - diesen Marktplatz um das Gebiet neben dem Heiligen-Geist-Spital erweitert hat. Das Spital wurde 1885 abgerissen und die gleichnamige Kirche in Richtung Westen verlängert. Und so entstand der Viktualienmarkt. Abgeleitet von dem Wort „Schrannenplatz“ gab es auch direkt hinter dem Viktualienmarkt eine „Schrannenhalle“, die allerdings im Laufe der Jahre verkleinert und letztendlich als „Freibank“ die armen Münchner mit billigem Fleisch von verendeten Tieren versorgte. Neuerdings hat man die Schrannenhalle wieder aufgebaut, aber sie weiß nicht so recht, was sie eigentlich werden will.

Dieser frühe Viktualienmarkt war die Arbeits- und Genusswelt meiner Tanten. Nach den schweren Jahren des Krieges fingen die Menschen wieder Ende

der 50-er Jahre an, richtiges Geld zu verdienen, aber nur und ausschließlich mit dem Gedanken, dieses Geld zu sparen, bis dass der Tod uns scheidet. Nichts Überflüssiges wurde angeschafft und ausgegeben, der Pfennig immer wieder so oft umgedreht, bis er wie ein schwindlig gewordener Papierflieger erschöpft zu Boden taumelte. Auf Nichts wurde so sehr geachtet, wie auf dieses Geld und wie es zu verdienen war, mit wem oder was auch immer. Und all dieses heilige Geld wurde gespart.
Staatsübergreifende Sparaktionen, der auch damals schon tüchtigen Privat-, Spar-, Volks- und Raiffeisenbanken (seinerzeit noch ohne weltumspannende Filialen und besinnungslos machende Gewinne) gingen durch die Schulen. Millionen von Sparschweinen fristeten ihr nun gar nicht mehr karges Leben an den Bankschaltern und in den Händen der gehobenen, aber auch einfachen Bevölkerung. Mit einer Ausnahme: Meine Tanten, Mitbegründer und Statthalter dieser Märkte, haben nie gespart. Ganz im Gegenteil: Sie haben gelebt und das auch noch gern und so gut wie möglich. Ein Wirtschaftswunderland war gerade erst geboren und da sollte man sparen. Nicht mit meinen Tanten.

Also, eigentlich wollte ich diese Geschichte meiner uneigentlichen Tanten ein ganzes Leben lang erzählen, denn meine Liebe zu ihrem bodenständig-marktschreierischen und trotzdem aufrichtig vaterländischen Humor war die hoffnungslose Liebe derer, denen jede Pointe misslingt und jede gute Geschichte auseinander fällt, wie ein schlecht gerittenes Pferd oder besser noch, ein in sich gekehrter Hefeteig, der das Aufgehen übersehen hat. Aber vor mehr als einem halben Jahrhundert haben meine Tanten diese Geschichte in mein Herz versenkt und jetzt schwimmt sie einfach nach oben.

Es begann alles mit einer Tragödie wie alle guten Geschichten. Und meine Tanten liebten Tragödien. Sie ahnten, ja weissagten sie geradezu Jahrzehnte im Voraus und wenn sie dann tatsächlich eintrafen, schlug ihr Herzschlag eine Schneise um zu retten, was zu retten ist.

Atemlos

Es war ein Tag wie jeder andere und doch hielt er ein Leben lang an. Ein hochaufgeschossenes, dünnes Mädchen, gerade im Anflug zur Pubertät und eben mal zwölf Jahre alt, kommt nach der Schule nach Hause. Im Treppenhaus ist ein seltsamer Geruch, überdeckt das Bohnerwachs, mit dem die Mutter einmal in der Woche die Stufen einlässt, überdeckt den Essengeruch, der sich jeden Tag pünktlich um diese Zeit einstellt, überdeckt die leisen Geräusche, die aus den umliegenden Büros kommen. Die Hausmeister-Wohnung liegt im 4. Stock und als das Mädchen langsam hinaufsteigt, drängt sich in ihre Seele eine Gewissheit, die mit jeder Stufe schwerer wird und ihr fast die Luft nimmt. Der Geruch, dieser Geruch, sie kennt ihn. Der Gasherd in der Küche oben in der Wohnung riecht so. Der Gasherd, der immer wieder von der Mutter in höchster Not aufgedreht wird und den die Familie bewacht wie einen Schatz, damit er nicht zur Falle wird und ihnen die Mutter nimmt. Vor der Wohnungstür und in der Wohnung sind Menschen, die sie nicht kennt; Menschen in Uniformen mit ernsten Gesichtern, leise miteinander redend, immer wieder Blicke zum Eltern- Schlafzimmer. Der Stiefvater steht mit verschlossenem Gesicht und in der ganzen Einfachheit seines Lebens vor einem Mann im dunklen Anzug, der am Tisch im Flur etwas schreibt. Die Sperrkette an der Eingangstür ist herausgerissen. Das Mädchen drückt sich vorsichtig in die Küche. Auf dem Tisch liegt eine bunte Schachtel, ein Zauberkasten. Den hat sie sich so sehr zu Weihnachten gewünscht und die Mutter hat ihn gekauft, denkt das Mädchen. Gott sei Dank, sie hat ihn doch gekauft. Aber sie hat ihn noch nicht eingepackt. Die Geschenke werden immer eingepackt in schönes Weihnachtspapier. Bald ist Weihnachten und außer dem Zauberkasten hat sie sich auch noch Bücher gewünscht. Die Sagen des Altertums und auch die griechischen Sagen, aber sie ist nicht sicher, ob sie beides bekommt. Vielleicht bekommt sie ja doch beides. Und einen Tuschkasten hat sie sich gewünscht, aber auf dem Tisch liegt nur der Zauberkasten. Sie spürt einen Blick auf ihrem Gesicht. Der Stiefvater sieht sie an, hat sich von dem Mann im schwarzen Anzug abgewendet und sieht sie an. Einen Schritt geht er auf sie zu und bleibt dann stehen: „Die Mutti ist krank. Du weißt ja, sie ist öfters krank, gell.“ Und dabei nickt er ihr zu, versucht beru-

higend zu wirken: „Sie kommt bald wieder, aber jetzt muss sie ins Krankenhaus, gell.“ Die Stimme ist leise, fast ein Flüstern und die Menschen um ihn herum flüstern auch miteinander. Sie nickt und geht zu dem Tisch im Flur, an dem der Mann im schwarzen Anzug schreibt. Der Zettel, auf den er schreibt, ist ein bedrucktes Blatt Papier, auf dem in großen schwarzen Buchstaben Totenschein steht. Sie liest jeden Buchstaben einzeln, bis der Mann im dunklen Anzug das Papier plötzlich umdreht, als er sie bemerkt. Ihre Blicke gehen jetzt zur Schlafzimmertür, die geschlossen ist. Gleich daneben schläft sie mit ihren Stiefschwestern. Und während sie langsam und unbemerkt in diese Richtung geht, denkt sie an die vielen Nächte, in denen sie aufgestanden war, erwacht aus schlimmen Träumen, und die Klinke des Elternschlafzimmers leise heruntergedrückt hat, so wie jetzt. An die Nächte, in denen sie voller Angst nach ihrer Mutter geschaut hat, ob sie noch atmet, so wie jetzt. Und sie hat immer geatmet. Aber heute ist die Mutter ganz blau im Gesicht. Der Mund ist geöffnet wie zu einem Schrei und das Mädchen denkt, dass die Mutter keine Luft mehr gekriegt hat, weil der Mund so weit offen ist. Und dass die Mutter nicht mehr lebt, weil sie nicht mehr atmet.
Das Mädchen kann die Augen nicht verschließen. Wie in einer fremden Welt bewegt sie sich im Schlafzimmer hin zu dem toten, atemlos verzerrten Gesicht der Mutter, das ihr so unendlich fremd erscheint. Sie empfindet die Hässlichkeit dieses nach Luft ringenden Mundes und des aufgedunsenen blauen Gesichts, aber mehr empfindet sie nicht. Keine Trauer, kein Mitleid und auch kein Leid. Keine Träne erreicht ihre Augen, die völlig unberührt das sehen, das sich in diesem Moment für den Rest ihres Lebens wie ein Brandmal in ihre Seele eingräbt, unauslöschlich, unvergänglich.
Behutsam, fast vorsichtig, schließt sie wieder die Schlafzimmertür und geht hinaus zu den anderen, den stillen, verschlossenen Menschen, die in ihrem Gesicht nach einer Antwort suchen. „Warum hast du diese Türe geöffnet?“, scheinen sie zu fragen. Der Vater legt schwer eine Hand auf ihre Schulter, erwartet ein Schluchzen und ein Beben, ein Beruhigen müssen. Doch nichts passiert. Sie steht unschlüssig einfach nur da, bewegt sich nicht, wartet ab auf das, was kommt, kommen muss. „Sie werden mich irgendwo hinbringen“, denkt sie ganz ruhig. Es ist bald Weihnachten. Wir dürfen jetzt nicht mehr feiern und es wird auch keine Geschenke mehr geben in diesem Jahr. Auch

keinen Zauberkasten, obwohl er hier auf dem Tisch liegt. Und die anderen Geschwister? Die Stiefgeschwister, die Kinder vom Stiefvater? Der Bruder ist da, gerade mal zwei Jahre älter als sie. Gestern Abend haben sie noch die Mutter ausgelacht. Die Mutter, die schwankend aus dem Bett kam und versucht hat, sich anzuziehen. Die ihre großen schweren Brüste auch vor dem Stiefbruder nicht verhüllte, nicht verhüllen konnte. Die Mutter, die voll mit Medikamenten nicht mehr imstande war, mit ihnen zu reden. Die Mutter, die nur noch lallen konnte und die sie, der Stiefbruder und sie, auslachten, weil sie ihnen verbieten wollte, den Luftballon hin und her zu schlagen. Sie hatte nicht aufgehört mit dieser quengelnden, lallenden Stimme und sie hatten nur noch mehr den Ballon in der Luft hin und her gespielt. Zu mir, zu dir, weg von der Mutter, weg von der Stimme, die keine mehr war. Weg von allem. Hoch in die Luft mit dem bunten Ball, weg von den Ängsten, dem Gasherd, den Tabletten, den Brüsten, dem Lallen. Bloß jetzt wegfliegen können mit dem Ball und nicht mehr der Stimme zuhören müssen. Höher und wilder, immer noch mehr, noch mehr schlagen. Der Gummi quietscht grauenvoll, so wie die Stimme der Mutter. Dann war plötzlich Schluss mit einem lauten Knall. Der Ballon liegt zerfetzt am Boden.
Eine tiefe Scham beschleicht sie. Etwas schneidet an ihrer Seele, wütet in ihrer Brust, nimmt ihr den Atem.
„Ich bin schuld", spricht tief in ihrem Innern eine Stimme. „Ja, du bist schuld", antwortet die Seele.

Stunden später steht Christa am Südbahnhof. Damals hatte München noch den Südbahnhof, der 1871 eröffnet wurde und als Personenbahnhof 1985 seine Geschichte beendete. Heute dient der Südbahnhof nur noch als Güterbahnhof oder - wie im Internet nachzulesen ist - als Heimat von zahlreichen Mauereidechsen und einer großen Population der gefährdeten blauflügeligen Ödlandschnecke.
Der Minutenzeiger der großen Uhr am Bahnsteig bewegt sich fast nicht. Die große Schwester hat sie vor unendlichen Zeiten zum Bahnhof gebracht und dabei unentwegt geweint. Gesagt hat sie so gut wie nichts und nur immer den Kopf geschüttelt. „Mutti, Mutti ...", hat sie nur immer gemurmelt und ihre Tränen einfach so laufen lassen. Die Nase hat sie sich auch nicht geputzt,

sodass der Rotz zusammen mit den Tränen langsam das Kleid hinunterläuft. Christa hat den Rotz die ganze Zeit beobachtet und sich gedacht, dass es doch eigentlich ihre Mutter und nicht die von der Stiefschwester ist und es sich nicht gehört, dass die Dorle dauernd um ihre Mutti weint und der Rotz auf dem Kleid immer weiter hinunter läuft. Irgendwann ist die Dorle dann gegangen und hat Christa allein auf dem Bahnsteig gelassen. Die Bahnkarte hat sie ihr in die Hand gedrückt und irgendwas von „In Erding musst du aussteigen, vergiss das nicht!" gesagt.

Die Dampflok zischt und weißer Rauch steigt auf, als der Zug einfährt. Christa war es ziemlich kalt geworden von dem langen Warten. Außerdem hatte sie nur einen dünnen Mantel an. Die kleine flache Wollmütze hielt nicht richtig auf ihrem Kopf, sodass die Ohren immer wieder herausrutschten und froren. Handschuhe hatte sie in der Eile auch vergessen, denn eigentlich war es Winter an diesem 18. Dezember 1956.
Als der Zug anhält, steigt Christa auf die verwittert hohen, leicht angefrorenen gusseisernen Treppen, die wie ein eisiges rostiges Netz aussehen, und zerrt den kleinen Koffer aus braunem Kunststoff hinter sich her, in dem irgendjemand ein paar Kleidungsstücke für sie verstaut hat.
Der Zug hat nur ein paar wenige Waggons, alte kalte Holzbänke und große Gepäcknetze über den Köpfen. Sie setzt sich auf eine Bank und stellt den Koffer zwischen ihre dünnen Füße. Ein paar wenige Reisende sind im Zug, aber Christa nimmt keine Notiz davon. Sie glaubt nicht, dass sie wirklich im Zug sitzt und dass sie ihre Mutter mit offenem Mund und ganz blau im Schlafzimmer hat liegen sehen. Immer wieder fällt der Koffer zwischen ihren Füssen um, wenn der Zug vor sich hin ruckelt und jedes Mal stellt sie ihn wieder auf. „Ich sitze nicht im Zug", sagt sie zu ihrer Seele und weiter: „Die Mutti ist gar nicht tot." Aber die Seele sagt immer nur, dass sie doch genau wüsste, dass die Mutti tot ist, weil sie ganz blau war und keine Luft mehr bekommt und dass sie daran schuld ist. „Aber der Papa hat gesagt, dass sie krank ist und wieder nach Hause kommt", sagt sie zu ihrer Seele. Die aber schüttelt nur leise den Kopf.
Erding ist von München ungefähr 35 km entfernt und die Dampflok zieht den kurzen Zug schnaufend und rauchend über den Südbahnhof Richtung

Nordosten. Als der Zug im Bahnhof Erding einfährt, sieht Christa aus dem Fenster ihren Onkel Hans am Bahnsteig stehen, den Bruder ihres Stiefvaters. Schweigend und suchend steht er da, im Blaumann mit einem dicken Schal um den Hals wegen der Kälte. Er hat einen gut gehenden Autohandel mit Lloyd-Automobilen (Wer den Tod nicht scheut, fährt Lloyd!), die Anfang der 50er Jahre, respektlos auch Plastikbomber genannt, singend und wimmernd durch die deutschen Lande fahren. Außerdem gehört ihm auch noch eine Tankstelle und Reparaturwerkstatt.
Die Tankstelle ist für Christa die ganz große Welt und sie kommt immer mal wieder in den Ferien hier her. Nicht um mit ihrer etwas jüngeren Cousine Inge zu spielen, sondern hauptsächlich um an der Tankstelle bedienen zu dürfen. Die Tankpistole aus dem Hahn zu nehmen, die Tankdeckel aufzuschrauben und das Benzin einzufüllen, war das Schönste, was es gab. Auch den Benzingeruch mochte sie. Er roch nach Tüchtigkeit und Erwachsensein. In die Werkstatt durfte sie auch und konnte sich nicht satt sehen an den Motorteilen und wie sie auseinander- und zusammengeschraubt wurden.
Onkel Hans steht am Bahnhof und weiß nicht, was er diesem 12jährigen Mädchen sagen soll, das wahrscheinlich weinend aussteigen wird. Aber Christa weint nicht. Sie steht plötzlich vor ihm in dem dünnen Mantel. Die viel zu großen Ohren rutschen unter der Wollmütze heraus. Sie streckt ihm die Hand hin, die er fest nimmt und drückt.
„War's lang, die Fahrerei mit dem Zug?", fragt er ratlos. Sie schüttelt den Kopf und schaukelt von einem Fuß auf den anderen; der Plastikkoffer steht neben ihr am Boden.
„Dann geh'n mir jetzt. Die Rosa wart' schon mit dem Essen."
Christa nickt. Rosa war seine Frau, einfach und ziemlich ländlich. Irgendwie war sie auch nett, aber die Christa kennt sie zu wenig. In den Ferien war sie entweder an der Tankstelle oder bei den Hühnern und Gänsen hinter der Werkstatt. Die Tante hat sie eigentlich immer nur beim Essen gesehen und man hat wenig miteinander geredet.
Die Nichte ihres Mannes aus der Stadt war der Rosa auch viel zu fremd, um sich mit ihr zu beschäftigen. Außerdem war die Frau ihres Schwagers Franz noch nie hier gewesen. Sie wusste gar nichts von ihr, nur, dass sie ein bisschen verrückt war und diese vielen Tabletten isst gegen eine Krankheit in der

Seele. An diese Krankheit hatte sie sowieso nie geglaubt. Die Resi war halt einfach a bisserl „derrisch“, wie man auf dem Land sagt, wenn jemand nicht alle Tassen im Schrank hat. Und der Schwager hätte sie längst verlassen und eine richtige Frau heiraten sollen, die nicht so was im Kopf hat, so was Derrisches. Aber der Schwager war nicht zu überreden. Die wenigen Male, die er bei seinem Bruder war, hat er zwar gejammert über seine Frau, aber auch gesagt, dass sie so gut kocht und seine Kinder aufzieht, die auch nicht immer einfach sind. Und die Christa, die ja gar nicht sein Kind ist, hat er immer den anderen vorgezogen, das ist auch nicht richtig, hat sich die Rosa immer gedacht. Und jetzt hat sich die Frau umgebracht und das Kind kommt mit dem Zug aus München. Das wird schwierig, hat sich die Rosa beim Kochen gedacht, als sie hört, dass das Auto vorfährt.

„War er scho‘ pünktlich, der Zug, gell?“, fragt sie ihren Mann, der mit Christa direkt in die Wohnküche kommt. „Am besten tust dein Koffer gleich in euer Zimmer, bei der Inge“, sagt sie zu Christa, die wortlos ihren Koffer nimmt und in das Schlafzimmer geht. Das kleine Zimmerchen, in dem ihre Cousine Inge schläft, hat noch einen kleinen Diwan, auf dem die Tante für sie ein Federbett und ein Kopfkissen deponiert hat. Die Fenster sind offen und sie hört den Arbeitslärm aus der Werkstatt. Die werden bald nach Hause gehen, denkt sich Christa. Die Sonne ist schon am Untergehen und es ist schon leicht dämmrig. Ihre Cousine Inge kam wenige Minuten später und setzt sich neben sie auf den Diwan. „Was hat‘n dei Mama ...?“
„Krank is halt, i weiss a net so genau. Da Papa meint, dass bald wieda g‘sund werd’.“
„Aber mei Papa hat gsagt, dass dei Mama fest krank is und vielleicht lang krank is oder gar nimma wird‘…“ Die Inge holt ihren Schulranzen aus der Ecke und kramt darin herum. „Weil, wenns nimma werd, dann musst du vielleicht ins Heim, oder …? Weil, bei uns kannst a net bleib‘n, des möchte‘ mei Mama glaub i a net.“ Endlich hat sie den Kaugummi gefunden, der in der Schultasche vergraben war.
„Aber bis Weihnachten bist glaub‘ i sowieso da bei uns …“, sagt sie dann langsam kauend und steht auf. „Jetzt müss‘ ma zum Ess’n gehen …“, sagt sie noch und geht davon.

Christa sitzt auf ihrem Stuhl an dem eckigen Tisch in der Küche und senkt den Kopf. Sie weiß nicht, was sie sagen soll und die anderen sind auch so ruhig. Die Tante Rosa und der Onkel Hans schauen sie immer wieder mitleidig, aber auch neugierig und fremd an. Vielleicht sollte sie weinen. Vielleicht erwarten die beiden das von ihr, aber sie kann doch nicht. Das blaue Gesicht der Mutter und der offene Mund verfolgen sie direkt in ihre Augen, als wäre es dort eingebrannt. Sie isst nicht viel und eigentlich weiß sie auch gar nicht, ob und was sie überhaupt gegessen hat. Irgendwann liegt sie auf dem schmalen Diwan und ohne Nachthemd. Das haben sie auch vergessen. Sie hat die Unterwäsche anbehalten und fröstelt vor sich hin in dem ungeheizten Zimmer. Inge schläft schon längst. Die Nacht draußen ist unheimlich still. Sogar die Tiere sind ruhig. Hin und wieder fährt auf der Landstraße ein Auto vorbei, aber auch das ist nur eine kurze Unterbrechung der Stille.
Am nächsten Morgen klingelt das Telefon. Hans ist einer der wenigen im Ort, die ein Telefon haben. Christa wird an den Apparat gerufen. „Es ist dein Papa“, sagt der Onkel und reicht ihr den schweren schwarzen Hörer.
„Christa, hörst du mich?“, fragt die Stimme aus dem Hörer. Sie nickt. „Christa? Bist du da?“, Christa nickt wieder, „Ja ... ich bin da!“, sie nimmt den Hörer in die andere Hand.
„Weißt du Christa, die Mutti, die Mama ist heute eingeschlafen. Ganz ruhig ist sie eingeschlafen, verstehst du?“ Die Stimme klingt rau und unbeholfen. „Sie ist einfach eingeschlafen, ganz ruhig, Christa. Jetzt hat sie keine Angst mehr, die Mama, verstehst du?“,
Christa nickt. Ihre Stimme kann nicht sprechen. Sie nickt wieder.
„Hörst du Christa, sie muss jetzt nicht mehr leiden. Weißt du? Sie ist einfach eingeschlafen, gell Christa. Das verstehst du doch, oder?“, Christa nickt wieder. „Und wir müssen sie begraben, Christa. Morgen, morgen ist die Beerdigung. Der Onkel Hans bringt dich hin, gell?“
Christa denkt, dass jetzt eigentlich die Welt untergehen müsste. Oder eine Götterdämmerung, wie in den vielen griechischen, römischen und deutschen Sagen, die sie gelesen hat. Eine Faust müsste vom Himmel auf die Erde fahren und mit dem Finger auf sie zeigen. „Du bist schuld!“, würde diese Faust sagen und Blitz und Donner würden über sie herfallen. Aber nichts passiert. Der Telefonhörer in ihrer Hand sagt nichts mehr und sendet nur ein Signal,

dass der andere Teilnehmer aufgelegt hat. Christa kennt dieses Signal von zuhause, denn sie hatten auch eines dieser großen schwarzen Telefone. Das heißt, der Stiefvater hatte so ein Telefon als Hausmeister und Hausschreiner in der großen Bank direkt am Schlacht- und Viehhof, wo tagsüber alle Metzger und Händler aus- und eingingen und in ihren blutigen Mänteln ganze Packen voll Geld an den Bankschaltern abgaben. Christa hat das immer wieder beobachtet, wenn sie sich heimlich in der Schalterhalle herumdrückte und darauf wartete, dass irgendetwas passierte. Aber es passiert nie etwas.
In der Nacht vor der Beerdigung denkt Christa, dass es jetzt eigentlich schon kurz vor Weihnachten ist und wahrscheinlich niemand wusste, ob es Weihnachtsgeschenke geben wird. Sie waren ihr nicht so wichtig, diese Geschenke, aber sie hatte jetzt an nichts anderes mehr zu denken. Wenn die Mutter noch leben könnte, würde sie - wie jede Nacht - Angst um sie haben und aufstehen, um nachzusehen, ob sie noch atmet. Aber das ist jetzt vorbei. Sie muss nicht mehr aufstehen, langsam in das Elternschlafzimmer schleichen und nachschauen, ob die Mutter atmet. Sie muss nicht mehr ihre Mutter auf dem Treppengeländer sitzen sehen, über dem Treppenschacht, der vier Stockwerke nach unten geht, laut schreien, damit sich die Mutter nicht hinunterstürzt. „Mutti, bitte nicht ..., tu‘s nicht! Bitte, nicht Mutti …“ Sie muss nicht mehr zusammen mit den Stiefgeschwistern und dem Stiefvater in die Nervenanstalt nach Haar fahren und die Mutter dort besuchen, weil die Polizei sie nach dem Selbstmordversuch dort eingeliefert hat. Die vielen Schlösser dort, die man aufmachen muss, hat sie gezählt und ist auf sechs verschlossene Türen gekommen. Die großen Schlüssel hängen alle bei den Schwestern an einem riesigen Schlüsselbund, der bei jedem Schritt klappert und schwer an der Schürze herunterfällt. Sie hat immer zugesehen, wenn die Schwestern die Türen aufgeschlossen haben und sich auch manchmal dabei gedacht, dass sie sie vielleicht gar nicht mehr aufschließen können und die Mutter dann nicht mehr heraus kann und dass das vielleicht auch ganz gut wäre, damit dieses Weh in ihrer Seele aufhört. Aber dann ist sie jedes Mal über sich erschrocken und hat sich den Mund von innen zugehalten. Wenn dann die Mutter wieder vor ihr stand in der blaugrauen Strickjacke, dem dunklen Rock und den klobigen Halbschuhen an den schönen Beinen und die Augen, die furchtbar traurigen und lieben Augen sie anlächelten und ihr

versprachen, dass sie nie wieder versuchen wird, sich das Leben zu nehmen, hat sie sich ein bisschen an sie gedrückt und wollte es so gern glauben.
Am nächsten Tag fahren sie schon sehr früh los, nur der Onkel und Christa. Die Frau muss auf das Geschäft aufpassen und Benzin tanken und die Cousine Inge will nicht zu der toten derrischen Tante. Christa sitzt in ihren Sachen und einem dunkelbraunen Wintermantel, den die Verwandten irgendwo aufgetrieben haben, auf dem Beifahrersitz des Lloyd. In ihrem Kopf ist es so still, dass sie Angst bekommt. „Du gehörst jetzt nicht mehr dazu“, sagt ihre kleine Seele und weint lautlos in sich hinein.

Sie kommen nach fast zwei Stunden Fahrt am Waldfriedhof in München an. Christa sieht die vielen Menschen, die vor der Aussegnungshalle herumstehen und würde am liebsten weglaufen. Als sie näher kommen, drehen sich fast alle gleichzeitig zu ihr um und flüstern: „Das ist des Deandl von der Resi, da ist des Christerl. Mein Gott, schaut des Kind aus! So blass und so dünn.“ Christa steht neben dem Onkel Hans vor der raunenden Menge. Er nickt ein paar Mal mit dem Kopf irgendwelchen Leuten zu, die Christa aber nicht erkennt. Er sucht seinen Bruder, damit er ihm das Mädel übergeben kann. Aber da stürzen schon zwei tiefschwarz gekleidete Frauen auf Christa zu, nehmen sie bei der Hand, weg von dem Onkel Hans.
„Da bist du ja, Christerl“, das war die Stimme von der Tante Anni und die andere Frau daneben war die Tante Fanni. Sie führen sie mit energischen Schritten auf eine große Gruppe von rauchenden Männern und Frauen zu, die sie sofort in ihre Mitte nehmen. Wie ein großer schwarzer Kokon hüllen die Menschen sie ein, streicheln ihr die jetzt erst fließenden Tränen aus dem Gesicht, halten sie ganz fest und drücken ihr viele rauchige Küsse auf. Ein heftiges Gemurmel erfüllt die Luft. „Mei Reserl, warum hast'n des deim Deandl angetan?“
„Wo soll's denn jetzt hin? Doch hoffentlich net zu dem Stiefvatta. Des wär‘ ja noch schöner. Mit seine drei Bankerten.“
„Den Hanswurscht‘n von Mann sollt‘ ma einsperrn‘, bei dem se d‘ Frau umbringa muss …“
„Vor lauter Saufa. Die Resi hat immer g‘sagt, dass er so sauft und sie des nimma aushält …“

„Der Versager. Nix hat er kenna, der Oberdepp, aber d'Frau hat er umbracht, da bin i mir ganz sicher!"
„Dass des sein derf?"
„Die Kriminaler hab'n aber nix herausg'funden …"
„Aber wie iss der mitsamt der Sperrkett'n in die Wohnung rein ...? I sag dir's, umbracht hat er's … und mit dem Bedienungsflitscherl hat er a was g'habt, da iss ihm d' Frau im Weg umganga ..., oder?"
„So was derft's net sag'n, dass er s'Reserl umbracht hat. Er hat ‚s doch mög'n, oder? Und redt's halt net so laut! Sonst hört' des Christerl alles."
Und dann sagt jemand, man müsse jetzt in die Leichenhalle und die einzige Tochter sollte doch ihre Mutter noch zum letzten Mal sehen. Der ganze Kokon nimmt sie mit und schiebt sie direkt vor den Sarg. Sie haben ihn nicht verschlossen, sondern die Mutter hergerichtet. Ein bisschen Rouge auf den Lippen, der Mund ist nun mehr ganz leicht geöffnet und die noch fast schwarzen Haare umschmiegen das tote Gesicht. Christa drückt sich an die Scheibe und schreit ihre verzweifelte Wut still hinein.

Freundinnen

Meine beiden Tanten, die eigentlich Freundinnen sind, wobei die eine Tante, die Anni, auch tatsächlich meine Tante und die Schwester meiner Mutter ist, werden von dieser Tragödie so urplötzlich überfallen, dass sie - wie alle anderen auch - erst einmal fassungslos und voller Trauer davor stehen. Alles hatten sie schon hinter sich, zwei Weltkriege, mehrere Männer und Kinder, gute und schlechte Geschäfte, Schlägereien, Alkoholismus, Tragödien in allen Variationen, aber das hier mit dem Reserl, der eigenen Schwester, das verstört sie zutiefst.

Nach der Beerdigung, ich muss wieder mit dem Onkel Hans nach Erding zurück und habe meiner Tante Anni das Versprechen abgenommen, dass sie mich zu sich nehmen wird, bewirbt sich die Tante Anni beim Jugendamt für die Vormundschaft. Damit sie mich aufnehmen können, die Tanten. Einen Platz tät‘ man dann schon finden, wo ich wohnen könnte. Denn mittlerweile bin ich ein Fall für das Jugendamt, genauer gesagt, das Stadtjugendamt geworden. Das Jugendamt ist eine behördliche Stelle, die sich auch um das Wohlergehen der vielen Besatzungskinder kümmert, die entweder bei ihren deutschen Müttern leben oder aber in Heimen und bei Pflegeeltern untergekommen sind. Das Jugendamt verkörpert in gewisser Weise eine Machtposition in der Stadt, vor allen Dingen das Stadtjugendamt. Wenn man seinem Kind Angst einjagen wollte, war früher der schwarze Mann zuständig, jetzt ist es das Jugendamt resp. das Stadtjugendamt.
„Wennst jetzt net gleich brav bist und dich anständig aufführst, geh‘ ich zum Jugendamt“, war eine stehende Rede der Mütter, wenn die Väter gefehlt haben oder gerade erst vom Krieg zurückgekommen sind und mit der Vaterschaft noch nicht viel anfangen konnten.
Die Besatzungskinder hatten noch einen viel schwereren Stand beim Jugendamt, denn das waren die „Bankerten“ von „dene Amiflitscherl’n“. Ein „Amiflitscherl“ oder überhaupt ein „Flitscherl“ war das deutsche Fräulein, das sich während der militärischen Besatzung in der Nachkriegszeit mit den Besatzern eingelassen hat, was nicht ohne Folgen blieb. In den russischen, englischen oder französischen Zonen war das Problem nicht so sichtbar,

aber in der amerikanischen Zone mit den vielen schwarzen Soldaten war es nicht zu übersehen.
Jedenfalls hatte das Jugendamt in München neben den vielen bayerischen vaterlosen Kindern auch noch für die vielen Mischlingskinder zu sorgen und war wohl aus diesen Gründen schon die entsprechend hohe, meist strenge Instanz.
Einige Tage nach der Beerdigung stöckeln meine beiden Tanten, die Anni und ihre Freundin, die Fanni, in besagtes Jugendamt, um einen Antrag auf Vormundschaft über mich zu stellen. Das heißt, meine leibliche Tante, die Anni, macht das und die Fanni unterstützt sie sozusagen moralisch und mündlich. Nachdem die Fanni eine sogenannte „Gosch'n" hat, die schon so manchen Gesprächspartner in schwere Depressionen gestürzt hat, ist sie eine echte Bereicherung für so einen Behördengang.
Im Stadtjugendamt werden die beiden Damen, denn als Damen haben sie sich hergerichtet, an eine Frau Bremsel im dritten Stock verwiesen. Als die Anni mit ihren hohen Absätzen, dem engen grauen Kostüm mit dem schwarzen Seidenkragen und einer ledernen großen Handtasche den Raum betritt, im Schlepptau die ebenfalls herausgeputzte und aufgestöckelte Fanni, stehen sie erst einmal ratlos vor einem langen, schwarzen Tresen, den die Ämter vor ihren Besuchern aufbauen. Das einzige, was sie sehen können, sind riesige Regale, vollgestopft mit braunen und grauen Mappen und Leitzordner und, nachdem sie beide über den Tresen in die Tiefe des Raumes blicken, besagte Frau Bremsel.
Gundula Bremsel, wie man außen auf dem Türschild lesen kann, ist eine kleine, stämmige Frau, die eine braune Strickweste und einen grauen, wadenlangen Rock anhat, der durch feste braune Schuhe mit einem kleinen Absatz ergänzt wird. Sie trägt eine runde Gesichtsbrille und hat im Nacken einen Haarknoten, der mit mehreren schwarzen Haarnadeln festgehalten wird. Gerade, als die Damen hereinkommen, steht sie vor ihrem verkratzten Vorkriegsschreibtisch, der von grauen und braunen Mappen, die alle mit einem breiten Gummiband kreuzweise verschlossen sind, überquillt. Ihr gegenüber sitzt ein pickeliger junger Mann, der damit beschäftigt ist, die Gummibänder an den Mappen auf- und zuschnalzen zu lassen und gelegentlich ein Blatt herauszunehmen und gedankenvoll zu besichtigen.

Die beiden Damen bauen sich vor der Schranke des Tresens auf. Der pickelige, mit Gummiband schnalzende junge Mann hebt kurz den Kopf. „Da dürfen's nicht stehen bleiben, vor der Schranke. Die muss man auf- und zumachen können.“ Dann senkt er wieder mehr und mehr gedankenverloren sein Haupt auf das einzelne Blatt.
Die Anni geht von der Schranke zurück und legt ihre Handtasche auf den Tresen.
„Sind Sie die Frau Bremsel? Grüß Gott. Es geht um die Christa, was die Nichte meiner Freundin Anni Schopf ist“, sagt die Fanni, die entschlossen vor der Schranke stehen geblieben ist. „Das Deandl hat ihre Mutter verloren und die Anni will die Vormundschaft beantragen, gell Anni“, damit nickt sie zur Anni hin, die zurück nickt und sich über den Tresen zur Frau Bremsel hinüberbeugt.
„Das seh'n sie doch auch so, gell Frau B… Frau Bremsel“, redet sie auf die Beamtin ein, „des seh'n sie doch auch, gell, dass so ein Ehemann, der selber drei unmündige Bankerten, Kinder aufziehn' muss, dass der doch des Deandl net aufzieh'n kann. Des iss ja jetzt eine Vollwaise. Keinen Vattern und jetzt des mit der Resi, mit der Mama.“
Frau Gundula Bremsel, die sich jetzt erst umdreht und die beiden Frauen wahrzunehmen scheint, schaut sie schweigend an. Ihre Augenbrauen ziehen sich leicht zusammen, als sie unter der Schranke die Stöckelschuhe von der Fanni bemerkt. Und diese Frau am Tresen hat ein ganz teures Kostüm an, denkt sie sich. Und geschminkt sind sie auch noch beide. Sie schüttelt energisch den Kopf. „Von wem reden Sie eigentlich? Wenn es um ein Anliegen auf Vormundschaft geht, brauche ich erst einmal den Namen des Mündels, um den es geht.“
„Was für ein Mündel? Es geht um des Deandl von meiner Schwester, verstehn' Sie des? Die heißt Christa. Und meine Schwester heißt Resi, Therese Hackl.“
Der pickelige junge Mann legt das gedankenschwere Blatt zur Seite und zieht eine Akte aus dem Schreibtischhaufen. „Hackl! Genau. Die Frau hat sich vor drei Wochen umbracht.“ Er reicht Frau Bremsel die Akte über den Schreibtisch und versenkt sich dann wieder in seine Blattstudien. Die Beamtin wirft einen Blick hinein.

„Und wer sind Sie gleich wieder?“

„Ich bin die Tante von dem armen Mäderl, dem Christerl, wissen Sie, wo meine Schwester, das Reserl - Gott hab sie seelig - doch gestorb‘n is. Und ich würd‘ jetzt gern des Christerl zu mir nehmen, wenn des geht. Des geht doch, oder? Weil, sie hat ja net amoi an Vatta, wissen‘s, der is ja a im Krieg geblieben, der Vatta von dem Mäderl, wissen’s.“

Frau Gundula Bremsel blättert schweigend in der Akte. Die Fanni, die jetzt ihren Schrankenplatz Richtung Tresen verlassen hat, wippt ungeduldig mit den Stöckeln und die Anni kramt aus ihrer großen Handtasche nach ihrem Ausweis. Nachdem sie ihn gefunden hat, legt sie ihn geöffnet auf den Tresen. Frau Gundula Bremsel nimmt den Personalausweis nicht zur Kenntnis und blättert stattdessen in der Akte weiter: „Als Vormund hat sich aber der Mann von der verstorbenen Frau … Hackl, aha, ja, Hackl hieß sie wohl, ...“

„Hat‘s g’heiß‘n“, die Fanni nickt der Beamtin aufmunternd zu, während die Anni damenmäßig ein Taschentuch aus der noch geöffneten Handtasche holt und sich seufzend und ein wenig aufschluchzend hineinschnäuzt.

„Genau, Hackl hat‘s g’heiß‘n, mei arme Schwester …“

Die Frau am Schalter räuspert sich. „Da hat sich aber der Ehemann von ... der Frau Hackl, also ihrer Schwester ..., der wär‘ doch jetzt zuständig für das Kind.“

Nachdem die Anni mit dem Schnäuzen und Aufschluchzen noch nicht ganz fertig ist, ergreift die Fanni das Wort: „Ja schon, aber des is ja net der Vatta, versteh’n’s Froillein, des is net der Vatta von dem Deandl. Der is im Krieg geblieb‘n, verstehn’s des?“ Sie rutscht langsam mit einem Fuß aus dem jetzt doch recht engen Stöckelschuh und stützt sich nun auch auf dem Behörden-Tresen ab, „,... weil der Mann von dem Reserl, des war ja bloß der Stiefvatta, verstehn’s Froillein und der Stiefvatta hat ja gar keine Rechte, weil er net der Vatta ist, mein ich wenigstens.“ Sie kommt allmählich in Fahrt und die bis dahin ruhige Stimme wird lauter und schneller. „Außerdem hat er selber drei Kinder, versteh’s Froillein, drei Kinder. Was tät er denn da a noch mit dem Christerl, oder Froillein? Die wär doch dann des letzte Radl am Wagen, oder? Verstehn’s des, Froillein?“

„Bremsel, Frau Bremsel heißt`s.“ Endlich hat die Anni mit dem Schnäuzen aufgehört und nimmt wieder am Gespräch teil. „Meine Freundin meint, dass der Stiefvatta gar net da Vatta von dem Deandl ist, wissen Sie und dass des Christerl es vielleicht bei mir daheim besser hätt, weil ich ja die Schwester von dem Reserl bin, verstehn's des?"

Eine laute Stille breitet sich aus und Frau Gundula Bremsel steht auf. Sie nimmt den Personalausweis von der Anni vom Tresen, während die Fanni jetzt auch aus dem zweiten Schuh schlüpft und sich die Zehen gegenseitig reibt.

„Wissen Sie, Frau Schopf, dass der Stiefvater des Mädchens nicht der richtige Vater ist, das habe ich jetzt schon verstanden. Und dass Sie als Schwester ihrer Schwe…, also als Tante ihrer Nichte, also dass Sie als nächste Verwandte die Vormundschaft über die Tochter Ihrer Schwester haben wollen, das weiß ich jetzt auch. Zur Beantragung der Vormundschaft füllen Sie diese Formulare aus und kommen wieder bei mir vorbei." Sie nimmt einen Stapel Formulare und legt sie auf den Tresen. Dann wendet sie sich der Fanni zu. „Letztendlich bestimmt das Vormundschaftsgericht, wer die Vormundschaft bekommt, Frau ...?"

„Lemp"

„Frau Lemp ... und nicht Sie. Verstehen Sie das, Frau Lemp? Und ein Froillein bin ich auch nicht, so wenig wie Sie." Sie klappt den Pappordner hörbar zu und setzt sich wieder an ihren Schreibtisch. Das pickelige Gegenüber hat während der Unterhaltung überraschend den Kopf hochgenommen und den Wortwechsel offensichtlich genossen. Jedenfalls hat das Schnalzen mit den Gummibändern aufgehört.

Die Fanni wendet sich nach einem langen nachdenklichen Blick auf die Frisur von Frau Bremsel vom Tresen ab und fischt nach ihren Schuhen. „Des is eich Beamte ja sowieso wurscht, wo de Kinder aufwachsen. Hauptsach' sie san aufgräumt, gell. Bloß keine Arbeit mit dene Kinder, wo d'Eltern nimmer da sind. Dann tut ses doch gleich alle in's Waisenhaus. Dann san's weg."

Sie schiebt die Anni an den Schultern zur Tür hinaus: „Die kann mi jetzt am Osch leck'n, des weißt scho", murmelt sie, „a so a zsammazupfte Heigeig'n. Weil sie kein Froillein mehr iss? Des iss ja noch nie g'wesen und jung scho glei gar net, wie de ausschaut mit ihr'm Knoll'n hinten. De is ja scho alt auf d'Welt kumma."

Einige Wochen später hat die Anni tatsächlich die Vormundschaft bekommen und ich zog überglücklich mit ein paar Habseligkeiten in die 1 ½ Zimmer Wohnung in der Baaderstraße ein, in dem die Anni mit ihrem Lebensgefährten oder auch Verhältnis wohnt.
Dem Jugendamt war das allerdings nicht bekannt, das mit dem Lebensgefährten oder dem Verhältnis. Und was das unglückliche Kind angeht, sind die Tanten in ihrem Urelement. Ich werde herumgereicht wie ein seltenes Tier mit drei Schlappohren. Um mich herum ist ein Kordon von flüsternden, bedeutungsvoll nickenden, in Taschentücher schnäuzenden Menschen, die von meinen Tanten angeschleppt werden, damit sie mich besichtigen können und ein wenig zu meinem Fortkommen beisteuern möchten. Der praktisch-tantliche Sinn für die Tragödie wird ein „Sesam öffne dich" für so manchen an sich eher geschlossenen marktfraulichen Geldbeutel. Und um an diese Geldbeutel heranzukommen, stellen mich meine Tanten in das Schaufenster der Menschlichkeit.
Da ist die nette Käsefrau mit dem roten Gesicht und der großen, blaugeäderten Nase, der mich die Tanten im Rahmen ihres Benefiz- Planes vorstellen.
„Stell' dir vor, Mirl", sagt die Fanni und rückt mich ins rechte Licht vor dem Käsestand, direkt gegenüber vom Kustermann, „des is des Christerl. Du kennst sie ja. Des Deandl vom Reserl, weißt schon, der Anni ihre Schwester, die sich's Leb'n gnomma hat."
„Mein Gott, des arme Deandl! Was tät's denn brauchen, jetzt wo d'Mama tot is. Vielleicht mags mit mei'm Bebbi ins Kino gehn, wo doch jetzt der Rock'n Roll so modern is. Weißt scho, der narrische Film „Rock around the Glock" mit'm Bill Haley. Des san ja lauter Depperde da drin, aber der Bebbi sagt, des is jetzt wahnsinnig modern und er tät mit dem Christerl gern reingehn, damits a Freud hat. Magst mitgehn, Christerl? Die Kinokarten tät' ich dann schon zahl'n."
Bevor ich nicken kann, schiebt mich die Fanni auf die Seite und lehnt sich weit über den appetitlich angerichteten Käse direkt vor Mirls blaue Nase. „Ja, genau. Das braucht's jetzt, weil's d'Mama verloren hot. Also weißt Mirl, manchmal bist direkt a bisserl bläd. A so a G'schrei im Kino dem Deandl antun wollen. Noch dazu mit dein Beppi. Des tät Dir so passen. A so was neidigs. A Kinokartn tät sie zahl'n woll'n."

Die blaue Nase von der Mirl wird noch ein bisschen dunkler: „I hab‘ ja bloß g'meint, dass des freut vielleicht." Aber die Fanni wendet den Blick nicht von ihr ab: „Dass des freut? Jetzt tust an Zwanzger her. Schließlich braucht‘s a Bett und kein Kino bei der Anni. Des kost‘ a was, weil d'Anni schließlich kein Hotel daheim hat, verstehst mi jetzt?"
Da ist auch noch die Wirtin vom „Marktstüberl", einer verrufenen Kaschemme in der Westenriederstraße, das direkt neben dem Blumenlagerlager von der Anni ist. Meistens trifft man dort die Reste der vergangenen Nacht, die ihren Alkoholpegel halten wollen oder die Bordsteinschwalben, die noch nicht nach Hause wollen.
„Tät's was zum Anziehn‘ brauchen, des Christerl. Ich hätt‘ da an schönen Wintermantel daheim, mit einem Persianerkragen. Der is noch gar nicht so alt", meint sie zur Anni, die gerade meine traurige Geschichte zu Ende erzählt hat und sich vor lauter Rührung mit ihrer Schürze die Tränen aus den Augen tupft und nebenbei den Schnaps zu Ende trinkt, den ihr die Wirtin eingeschenkt hat. Der Anni bleibt der Schnaps fast in der Luftröhre hängen: „Was hast g‘sagt, an Persianerkragen? Für a zwölfjährig‘s Deandl? Spinnst jetzt vom Boa weg?" Die noch von Tränen verschwommenen Augen blitzen auf: „Tu du dein oiden Wintermantel selber anziag‘n. An oiden Mantel mit am Persianerkragen tät‘s sie dem Christerl schenken woll‘n. Den können deine Nutten anziag'n, die bei dir umananda hocken, aber net mei Christerl, dass das glei weißt."
Sprach‘s und donnert die Eingangstüre vom „Marktstüberl" so zu, dass sogar die Sitzengebliebenen von gestern endlich aufwachen. Dann kommt sie noch einmal zurück. „Mindestens an Zwanzger, des sag i dir, sonst erzähl‘ ich überall rum, wie du d'Leut‘ bescheißt, wenn‘s a biss‘l g‘schnapselt haben, verstehst mi."

D'Anni

Die Anni, was eigentlich meine richtige Tante ist, also die ältere Schwester meiner Mutter, hat genau gegenüber vom alten Rathausturm am Marienplatz und vor der dortigen Straßenbahnhaltestelle der Linie 19 , die über das Tal, den Isartorplatz, vorbei am Patentamt über die Ludwigsbrücke direkt zur Rosenheimer Straße fährt, einen kleinen Blumenstand, der aus einem großen grünen Korb, einem kleinen Marktschirm mit schwerem Stempen und etlichen Blumenvasen besteht. Im Laufe der Jahre hat sich dieser Stand immer ein wenig vergrößert, obwohl sie ja eigentlich nur einen Quadratmeter Platz beanspruchen darf. Mittlerweile stapeln und türmen sich aber auf und neben dem großen grünen Korb viele Vasen mit allen möglichen Blumen - je nach Jahreszeit - aber auch kleinen Sträußerln aus Schnee-, Marien- oder Maiglöckchen, wobei letztere dieselben sind. Im Winter verkauft sie dort Adventskränze, kleine und große Christbäume und gefärbten Ilex.

Der große grüne Korb hat im Boden ein großes Loch für den Schirmständer (Stempen) und liegt auf einem genau so großen Schemel, der wiederum um den Stempen herum auf vier festen Beinen steht.

Das komplizierte Gebilde muss jeden Tag neu auf- und abgebaut werden, wobei das Heben des Korbes über den Stempen und auf den Hocker die größte Kraftanstrengung bedeutet. Im Korb selbst wird neben dem Papier zum Einwickeln der Blumen und dem Geld in einem Zigarrenkisterl grober und feiner Blumendraht, zwei Zwickzangen, Nelkenringe, Quittungsblock und Kreide für die kleinen Preistafeln aufgehoben. Außerdem gibt es noch einen großen Geldbeutel, der das Papiergeld aufnehmen muss, wenn zu viel in der Zigarettenkiste liegt und die Leute womöglich glauben, man würde mit dem Verkauf von Blumen auch noch Geld verdienen. Dieser große Geldbeutel wird immer sorgfältig in die Ecke geschoben, damit er nicht wegkommt und verstohlen aufgefüllt, wenn gerade keiner herschaut.

Die Nelkenringe sind auch wichtig, wenn im Sommer den Nelken die Blüten auseinander fallen. Wer mag schon Nelken, denen die Köpfe davon fliegen. Also drückt man mit so einem grünen Nelkenring (grün deshalb, damit er nicht auffällt) den grünen Blumenkelch und damit die Blüten wieder zusammen. Und die Zwickzangen haben eigentlich die Aufgabe, die

Rosenstiele zu beschneiden, aber manchmal werden sie auch den Wespen zum Verhängnis, wie man noch lesen wird.
Meistens macht die Anni zusammen mit ihrer Standhilfe Luise den Blumenstand in der Frühe um 8.00 Uhr auf. Das heißt, sie rollt zusammen mit der Luise den großen grünen Korb samt Ständer, Schirm und Vasen mit ihrem „Flottweg", einem kleinen vierrädrigen Wagerl, zu ihrem von der Stadt München erlaubten Standplatz und eröffnet das Geschäft.
Die Stadt München bzw. das Gewerbeamt kontrolliert natürlich auch diese offenen Stände und vor allen Dingen den Gewerbeschein. Auch ein kleines Büchlein mit den Einnahmen und Ausgaben so eines Standes muss man immer dabei haben und auf Verlangen herzeigen. Die Zahlen, die die Anni da reinschreibt, haben allerdings nichts mit dem tatsächlichen Umsatz zu tun, was auch ein völliger Blödsinn wäre, weil sowieso niemand nachkontrollieren kann, wie viele Blumen tatsächlich verkauft wurden und wie vielen die Köpfe davon abgeflogen oder verlustig gegangen sind.

Manchmal kontrolliert so ein Inspektor aber auch die Größe des Standes. „Da haben's aber viele Blumen rumstehen, gell Frau Schopf. Das geht jetzt schon über die ihnen zustehende Fläche von insgesamt einem Quadratmeter arg hinaus. Die müssen sie a bissl z'sammrutschen, die Vasen oder net so viele aufstellen." Die Anni rennt um den Beamten herum und zeigt allumfassend auf die Blumenpracht.
„Wissen's, Herr Oberinspektor, ich hab heut zufällig a paar Blumen mehr. Die gehör'n mir aber nicht. Die gehör'n mei'm Grossisten vom Markt oben, wissens schon, gell, dem Schmidhuber. Der holt's dann auch gleich wieder ab, der hat's bloß unterg'stellt bei mir und ich hab's ihm schnell a bissl in's Wasser g'stellt, die Blumen, damit's net kaputt gehen. Wär' ja schade drum ... Möchten's nicht für Ihre Frau Gattin a paar mitnehmen für daheim?" Schnell wickelt sie dem Herrn Oberinspektor ein paar Nelken ein, rutscht die Vasen ein bisschen zusammen und strahlt ihn an. „Die hab' ich nämlich auch geschenkt kriegt, die Nelken von dem Herrn Schmidhuber. An schönen Gruß daheim, Herr Oberinspektor."
40 Jahre hat sie diesen Stand schon, die Anni. Auch im 2. Weltkrieg hat sie hier inmitten eines zerbombten Münchens als junge Frau ihre Blumen in

einem Hängekorb verkauft, also einem sogenannten Bauchladen. „Wenn i schwanger war, dann hab i mein Korb auf den dicken Bauch n'aufgstellt", erzählt sie immer wieder, wenn jemand wissen will, wie das damals war, als rundherum nur mehr Ruinen gestanden haben und es immer wieder Bombenalarm gegeben hat. Und wer da eigentlich noch Blumen gekauft hat im Krieg?

„Die Leute hab'n ja trotzdem Geburtstag g'habt und Kinder sind auch auf die Welt kommen im Krieg. Da hat man halt dann a paar Blumen mit heimbracht. Sonst hat's ja a nix geb'n. Und wie dann die Trambahn wieder g'fahrn is, weil die ist ja ganz lang net g'fahr'n, wär ja net gangen, wo doch die ganzen Schienen rausg'rissen war'n. Und wie's dann wieder g'fahrn ist, sind de Leut dran g'hängt, wie auf der Linie acht vom Weißferdl. Alle Nas'n lang ist jemand nunterg'falln. Und der „Sanka" hat auch öfter kommen müssen, aber des hat alleweil so lang gedauert, bis der durch die Ruinen daher kommen ist, da sind die Leut dann schon selber wieder aufg'standen und heim gangen. Dann war er umasonst da, der Sanka."

Dass die Straßenbahn da direkt vor ihrem Blumenstand anhält, ist eine Goldgrube für die Anni. Die Leute steigen aus und laufen quasi dem Blumenstand direkt in die Arme, wenn sie zum Viktualienmarkt wollen. Gleich hinter ihm gehen die Treppen zum Petersbergl hinauf und zur Peterskirche, die in den letzten Kriegsjahren fast zerstört worden ist und die man nicht mehr aufbauen wollte, weil sie so kaputt war. Aber der Stadtpfarrer Max Zistl und der Kardinal Michael Faulhaber haben die Kirche gerettet, sagen die Leute und die Anni sagt, dass wahrscheinlich der Pater Rupert Mayer auch mit gerettet hat, weil er doch von den Nazis so verfolgt worden ist und trotzdem nicht aufgehört hat zu predigen. Und weil die Anni den Stadtpfarrer Zistl ganz gut kennt, hat er ihr das wahrscheinlich erzählt.

Schwanger war sie öfter, die Anni, genauso wie ihre Freundin, die Fanni. Verhütung gab es in dieser Zeit so gut wie nicht und wenn zwanzig Mal vom Tisch herunterspringen nichts geholfen hat, dann sind halt die Kinder auf die Welt gekommen.

Die ersten zwei Buben waren von ihrem Mann, dem Schopf Willi, sagt sie, den sie kurz nach Kriegsanbruch geheiratet hat; der dritte und letzte Sohn sei

von seinem Bruder, dem Schopf Georg. Darum hat der jüngste Sohn auch Bobby geheißen, die Koseform von Georg. Wenn man auf diese Kooperation der Brüder zu sprechen kommt und wie sie das miteinander ausgemacht haben, murmelt die Anni höchstens: „Der Georg war so a schöna Mensch, aber der Willi war halt z'erst da", mehr sagt sie nicht dazu.
Den Georg muss sie schon sehr gern gehabt haben, denn als sein Sohn, der Bobby, oder des Bobberl, wie sie ihn immer nennt, wie das Bobberl bei einem Luftangriff um sein junges sechzehnjähriges Leben gekommen ist, wenn sie das erzählt, ist immer in ihrer Stimme ein kleines trauriges Flirren zu hören.
„Dabei wollt' er doch nur sei Quetsch'n aus dem Keller hol'n, weil er doch so gern g'spielt hat, der Bua. Aber da war der Alarm schon da und die Flieger und die Flak hat ma auch schon g'hört. Und er is no einmal in den Keller g'saust und dann is de Bomb'n kommen und hat'n derschlag'n, mein Bobberl. Ganz weiße Haar hat er g'habt, wie ich ihn ausgrab'n hab. Mit meine Finger hab ich ihn ausgrab'n, mein Bobberl und seine Haar war'n ganz weiß. Dabei hat er doch so schöne schwarze g'habt, wie sein Vatta, der Schorsch und der is dann a nimma heim kommen vom Krieg und dass sein Bobberl tot ist, hat er Gott sei Dank nimmer erfahr'n müssen."
Manchmal kullern ihr bei dieser Geschichte auch die Tränen in die tiefen Gesichtsfalten hinein, so als könnten sie sich nicht entschließen, endgültig herunterzufallen und als sollte der Bobby nie vergessen werden.

Als der Willi die Anni geheiratet hat, waren seine beiden Buben schon lang auf der Welt und der Bobby auch schon sechzehn. Da hat der Willi neben seinen eigenen Söhnen auch den Bobby quasi als Onkel mit geheiratet und sozusagen die Großfamilie damit zusammengehalten. Schwer zu sagen, was gewesen wäre, wenn der Georg nicht gefallen wäre im Krieg und der Willi, der lange vermisst war, aber auch nicht mehr heimgekommen ist, dann vielleicht doch eines Tages vor der Tür gestanden hätte. Vermutlich hätte dann der Georg auch die Buben vom Willi mitgeheiratet und der Willi wär dann der Onkel von seinen eigenen Söhnen gewesen.
Jedenfalls steht auf dem Fernseher das Hochzeitsfoto von der Anni mit dem Willi als Soldat und daneben das von dem Georg auf Heimaturlaub. Nach-

dem sich beide auch noch sehr ähnlich waren, meint man sowieso, es ist ein und derselbe Mann und damit stimmt die Geschichte auch wieder.

Die beiden ersten Söhne, die vom Willi, heißen Hugo und Kurt. Der Älteste, Hugo, ist der vielleicht Intelligentere, wenn man den vielen Kreuzworträtseln Glauben schenken will, die er tagtäglich löst. Trotzdem lehrt uns die Geschichte, dass sich das Wissen manchmal als eher hinderlich für die Intelligenz erweist, mit deren Hilfe man sein Leben gestalten lernt, was sich beim Hugo leider auch bewahrheitet.

Genauso wie sein Bruder Kurt ist der Hugo ein chronischer Trinker. Das Bergsteigen, das ihn als junger Mensch noch vom Alkohol abgehalten hat, musste er nach einem bösen Sturz an der Wand aufgeben, wobei er einen Bergkameraden auch noch am Seil gehalten hat und sich dabei die ganzen Handflächen bis auf den Knochen zerfetzt hat. Seitdem hat er ein steifes Knie und humpelt leicht. Das hat ihn auch seinen Job als Dachdecker gekostet. Als Lagerarbeiter in einer großen Baufirma hinkt er jetzt durch den Tag. Sein Bruder Kurt hat im Straßenbau als Polier gearbeitet, solange ihn der Alkohol nicht gänzlich ruiniert hat. Dann hat er sich eine eigene Gaststätte eingerichtet und ist jetzt sein bester Gast. Die Fanni sagt das auch immer zur Anni, aber die schüttelt den Kopf und meint, dass er doch so gut mit seiner Kneipe verdient und seitdem von ihr fast kein Geld mehr braucht. Das liebe Geld ist für die beiden Söhne immer ein Thema und nachdem bei der Anni der Geldbeutel immer recht locker sitzt, besuchen sie sie gern und häufig. Außerdem hat der Hugo vor gar nicht langer Zeit noch bei der Anni im zweiten Zimmer gewohnt, das jetzt das neue Schlafzimmer geworden ist, bis er endlich auch eine Freundin gefunden hat.
Der Hugo ist ein schwerblütiger Geselle und hat es bei den Frauen nicht mehr so leicht, seitdem er schon fast alle Haare verloren hat. Nur ein dem Schnittlauch ähnlicher Haarkranz bedeckt noch seinen hinteren Schädel und oben ist gar nichts mehr los, außer einer glatten glänzenden Kugel, wenn man von den schönen dunklen Augen absieht, die ihm wahrscheinlich die Anni vererbt hat. Außer Kreuzworträtsel und Bier trinken hat er keine Hobbys mehr; nur sein großes Faible für die Oper und Sänger wie Fritz Wunderlich, Richard Tauber, Renata Tebaldi und natürlich Maria Callas lassen ihn manchmal mit Tränen vor dem Fernsehapparat oder auch der Musiktruhe sitzen und jedem, der etwas sagen will, mit einer Handbewegung den Mund verschließen. Seine einzigen Urlaubsreisen führen ihn nach Verona, um dort tagsüber in den Cafés die Zeit zu verbringen, die Alkoholvorräte auszutrinken und abends in der Arena auf den Steinstufen zu sitzen, um die großen Arien mit feuchten Augen mitzusingen.
Seine Frau Frieda, ein ehemaliges Verhältnis seines Bruders Kurt und sozusagen unter der Hand weitergegeben, hat ihm eine kleine Tochter geboren, woraufhin er sie geheiratet hat. Seitdem wohnt er auch nicht mehr bei der

Anni, sondern bei Friedas Familie, die aus einem verwachsenen Vater, der mit seinem Buckel durch das Leben laufen muss und den drei Kindern aus erster Ehe der Frieda besteht, wobei diese Kinder auch teilweise bei ihrem Vater oder in Heimen untergebracht sind und die Mutter und ihren neuen Mann nur zeitweise und auch nicht besonders gern besuchen. Dafür ist die kleine Tochter Angela sehr präsent und wird vor allen Dingen von ihrer Großmutter, meiner Tante Anni, sehr verwöhnt, weil sie ihr mit ihren schwarzen Locken und den langen Wimpern ein bisschen ähnlich sieht.
Die Ehe ist nicht besonders gut. Der Hugo sitzt in der Regel nach der Arbeit in der gegenüberliegenden Wirtschaft und lässt sich im wahrsten Sinne des Wortes tagtäglich vollaufen. Am Abend zur Essenszeit wackelt er dann mit seinem steifen Knie in die heimische Wohnung, isst etwas und schläft dann meistens ein. Am späteren Abend taucht er wieder im Wohnzimmer auf, wo die ganze Familie (Ehefrau, Tochter und Vater) vor dem Fernseher sitzt und streitet mit seiner Frau oder mit dem buckligen Schwiegervater, der sich irgendwann beleidigt in sein eigenes großes Zimmer, das fast ausschließlich von einer Modellbaulandschaft mit Bergen, grünen Tälern, mehreren Bahnhöfen, zu überquerenden Flüssen und kleinen Dörfern besteht, zurückzieht und mit Gips, Schere, Farben und Kleber weiter an seiner eigenen kleinen Welt bastelt. Die Modellbaulandschaft liegt auf vier Holzböcken in Arbeitshöhe und braucht den Platz eines VW- Käfers, der mitten im Zimmer steht. Die Berge hat er aus alten Tüchern, die er mit Gips getränkt hat, gefaltet und eingefärbt; die Wälder und Büsche sind aus grünen oder braunen Papierschnitzeln und richtigen Tannennadeln entstanden, die er immer wieder auswechselt, wenn sie austrocknen und runter fallen. Aus Streichholzschachteln gebaute Häuser hat er mit verschiedenen Farben angestrichen und die Menschen, die es auch gibt, sind entweder aus Plastik oder Holz und stehen auf den Bahnsteigen. Durch die Berge führen Tunnel und die Stationen sind mit richtigen Mini-Signalen und Weichen ausgestattet. Wenn er seine Züge fahren lässt, wird das ganze Zimmer zu einem einzigen Bahnhof und das Auge kann das ganze Geschehen gar nicht ganz erfassen. Man hört die Züge auf den Geleisen fahren und zischen, bremsen und warnen und die vielen kleinen Signale und Weichen gehen, wie von Puppenhänden gesteuert, rauf und runter. Reinhold, so heißt Friedas Vater, ist ein begnadeter Ingenieur

und in einer hoch bezahlten Position bei einem großen Elektrokonzern angestellt. Allerdings nicht auf Direktorenebene, sondern im mittleren Bereich. Das wurmt ihn auch immer wieder und schürt seinen allgemeinen Hass auf die Menschheit und seine körperliche Versehrtheit, den er durch teilweise scharfe und auch unflätige Bemerkungen seinen Mitmenschen gegenüber zeigt und dadurch deren Mitgefühl mit seiner Behinderung etwas dämpft. Seinen Schwiegersohn fordert diese destruktive Sicht der Dinge ständig heraus. Sie begegnen sich in der Regel in abwartender Feindseligkeit. Die einzige „Gleichheit" der beiden sind ihre vom Nikotin verfärbten gelben Zeige- und Mittelfinger der rechten Hand.
Dann hört der Reinhold auch des Öfteren von seinem ungeliebten Schwiegersohn, wie schlecht er seine Tochter erzogen hat, die Frieda, und dass das alles eine Schande ist mit dem Geld. Auch dass die Mutter von der Frieda, also die Frau von dem Reinhold, am Stachus auf dem Fahrrad von einem Auto angefahren worden ist und dabei ums Leben kam, sei kein Grund dafür. Die Retour vom Reinhold besteht darin, dass er den Hugo als einen unfähigen Schlappschwanz und Familienvater beschimpft, der nicht einmal eine eigene Wohnung hat und wenn er ihn nicht in seine aufgenommen hätte, würden beide auf der Straße sitzen. Und der außerdem, was am schlimmsten wäre, seine Frau nicht in den Griff bekommt. Denn die Frieda, was seine Tochter ist, macht Schulden und lässt überall anschreiben, wie man so schön sagt, aber nicht nur beim Metzger oder im Lebensmittelgeschäft, nein, auch im Möbelgeschäft für die neue Couchgarnitur mit Nierentischchen, den riesengroßen Einbauschrank aus schwarz lackiertem Holz mit verspiegelten Türen, auf den man jeden Finger von ihrem Mann und ihrer schwarzgelockten Tochter begutachten kann, bei Grundig die Musiktruhe mit Plattenspieler und eingebautem Fernseher, im Elektrohandel alle Haushaltsgerätschaften dieser Welt wie Bügel- und Küchenmaschinen, Kühlschränke, Waschmaschinen, Mixgeräte, elektrische Lockenwickler mit aufblasbarer Föhnhaube, und und und ... Als der Versandhandel dann so richtig in Fahrt kommt, wird es noch schlimmer. Das fordert sie geradezu heraus, alles zu kaufen, was auf den unzähligen Katalogseiten zu sehen ist. Eine unstillbare Gier ergreift sie und die scheinbar billigen Preise, mit denen die einzelnen Waren ausgezeichnet sind, entführen sie in den siebenten Himmel des Konsums. Und

bald stapeln sich zum Unwillen aller Pakete und Päckchen der verschiedenen Versandhäuser, teilweise unausgepackt oder unausprobiert, nur kurz besehen und wieder weggelegt. Die dazu gehörenden Rechnungen werden schleunigst entsorgt, die folgenden Mahnungen ebenso.
Ganz schief hängt dann der Haussegen in seiner Ecke, wenn die unbezahlten Rechnungen samt Mahnungen Gestalt annehmen in Form eines Gerichtsvollziehers, der wieder einmal in das traute Heim Einlass begehrt. Am schlimmsten wird es vor allen Dingen dann, wenn der Hugo zu Hause ist und der Reinhold seinen buckligen Körper aus seinem Zimmer heraus und an den vielen Kartons vorbeischiebt und mit lauter schriller Stimme dem Gerichtsvollzieher sein Leid klagen will von dem unfähigen Schwiegersohn. „Nicht einmal eine Wohnung hat er g'habt, der saubere Herr Schwiegersohn. Bei der Mama hat er noch gewohnt mit seine über dreißig Jahr, verstehen Sie das? Bei der Mama! Und jetzt hat er seine Frau nicht im Griff, die uns alle in den Schuldturm treibt." Bevor er noch weiter schimpfen kann, schiebt ihn der Hugo mit seinen großen Dachdeckerhänden einfach zur Seite und zieht sich die Jogginghose hoch, die gerade noch eine schlabbernde Unterhose verdecken kann. „Was gibt's?"
„Geben tut es eigentlich gar nichts, ganz im Gegenteil", wollte der Mann der Jurisprudenz schon antworten, aber er verkneift es sich gerade noch und ist sowieso ein eher höflicher Mensch.
Gerichtsvollzieher sind in der Regel nicht sehr verbindlich und auch nicht besonders höflich. Schulden zu haben ist in diesen noch sparsamen Zeiten schon eine größere Sache und geht nicht als Kavaliersdelikt durch. Aber dieser Wiederholungsbesuch ist für den älteren Herrn der Gerichtsbarkeit fast schon ein verwandtschaftlicher Akt, der ihn regelmäßig in diese Wohnung führt. Irgendwie ist die Frieda Schopf für ihn ein sintflutartiges Wesen, das ihre ganze Familie solange mit Waren überflutet, bis sie kurz vor dem Ertrinken nur noch den Gerichtsvollzieher - also ihn - herbeisehnen.
Außerdem fasziniert ihn die Hässlichkeit des Wohnungsmieters, der neben dem bedauernswerten Buckel auch noch eine riesige, blaugeäderte Nase sein eigen nennt. Die spindeldürren Arme enden in langen, vergilbten Fingern mit dicken, langen Nägeln, denen die Schere abhandengekommen ist. Der ganze Mann ist eine einzige, stinkende Rauchwolke, der jeden einzel-

nen Zug an der Zigarette bis in die letzte Zehenspitze durch pfeift, sodass sein Asthma ein ums andere Mal in Ohnmacht fällt.
Der bucklige Reinhard hüstelt ihn kurz an, betrachtet ihn verächtlich und verzieht sich wieder in sein Zimmer. Der Gestank, den er hinterlässt, lässt den Gerichtsvollzieher darüber sinnieren, warum der Geruchssinn, der ja der Sinn der Sinne sein soll, sich bei diesen Düften nicht automatisch abschaltet wie eine Sicherung, die gerade durchgebrannt ist.
Während er noch vor sich hindenkt, hat der Hugo endlich seine Jogginghose da, wo sie sein soll und steht jetzt breitbeinig vor ihm. Auch hier sollte die automatische Geruchssicherung sich Gedanken machen, seufzt der Gerichtsvollzieher innerlich. „Grüß Gott! Wo ist denn Ihre Frau, Herr Schopf? Da hätte ich wieder was zu kassieren." Der Hugo schaut ihn einfach nur an und hält sich am Türrahmen fest.
„Was kassieren? Hat ‚s schon wieder was kauft? Wir hab'n doch kürzlich erst …"
„Das ist jetzt wieder etwas Neues, Herr Schopf. Dann kriege ich jetzt von Ihnen oder Ihrer Frau Deutsche Mark … Moment mal, da muss ich noch was nachschauen", kramt er in seiner braunen Aktentasche mit den Klickverschluss, bei dem der Daumennagel immer hängen bleibt, „... kriege ich jetzt von Ihnen genau Deutsche Mark 349 und fünfzig Pfennig." Dabei tippt er mit dem Bleistift auf das auf seiner Aktentasche liegende Papier. Damit ihm die Tasche nicht herunterfällt, balanciert er sie auf dem linken Arm und schaut sich nach einem Stuhl um. Aber der Hugo hat sich so in die Tür zum Wohnzimmer verkeilt, dass er an ihm nicht vorbeikommt.
„Täten's mich vielleicht reinlassen. Dann könnte ich Ihnen alles zeigen, was noch offen ist." Unwillig gibt Hugo die Tür frei und humpelt wieder zu seiner Couch. Er ist seit ein paar Tagen krankgeschrieben. Irgendetwas mit seinem Magen, der sich immer wieder einmal meldet.
„Da sehen Sie es, was Ihre Frau gekauft und nicht bezahlt hat." Der Herr von der Gerichtskasse hält ihm die richterliche Verfügung mit den Zahlen vor die Nase. Hugo versucht auf dem Zettel zu lesen und schiebt ihn dann unwirsch zurück.
„Das kann ich net sehen, was sie da schon wieder kauft hat. Das iss ja nimmer zum Aushalten. Und zahlen tu ich des jetzt auch bald nicht mehr." Und

dabei wirkt er so hilflos, dass der Mann vom Amt das Papier wieder zurücknimmt und selbst nachliest. Dann wiegt er leicht den Kopf in den Schultern. „Was hat sie gekauft?“ Einen kleinen Moment wird es ganz still.
„Ich glaube, das war eine Fritteuse und ein Sommerkleid, Größe 54. Ein blaues Sommerkleid …“
Der Gerichtsvollzieher sieht Hugo an und verzieht sein Gesicht zu einem sanften Lächeln. „Vielleicht hat sie das gebraucht. Die Frauen brauchen doch immer etwas.“
Und da lächelt er plötzlich zurück, der Hugo, nur das sein Lächeln aus einer anderen Ecke kommt.
„Kann man überhaupt so viel brauchen müssen? Warum denn eigentlich? Ein Trumm nach dem anderen. Und alles steht nur rum. Das iss, glaub‘ ich, psychologisch. Eines Tages werden‘s uns noch das ganze Haus wegtrag’n, weil’s die Miete net zahlt hat und dafür wieder was kauft? Und dann werd‘ ihr Vater no narrischer, wie er sowieso schon is und wir steh’n alle auf der Straß‘.“
Der nette ältere Herr vom Amt wiegt wieder leise den Kopf hin und her. „Ach wissen Sie, man soll gar nicht so viel über die Zukunft nachdenken. Aber vielleicht sollten Sie das alles selbst in die Hand nehmen, zum Beispiel die Miete zahlen, den Strom, die Heizung. Aber wenn Sie jetzt diese 349 D-Mark und fünfzig Pfennig zahlen könnten, dann wäre halt schon wieder eine Sorge weniger, bei mir und bei Ihnen.“
Da macht der Hugo ein nachdenkliches Gesicht, langt zu seinem abgewetzten Geldbeutel und zahlt ihn aus, den Mann vom Amt. Vielleicht auch deswegen, weil er weiß, dass der Mann recht hat und ihm gar nichts anderes übrig bleibt, als wenigstens zu zahlen.
Seinem Bruder, dem Kurt ging es immer ein bisschen besser als ihm, was das tägliche Leben und die persönlichen Umstände angeht. Auch vom Aussehen her sind sich die beiden nicht besonders ähnlich, wenn man von den zusammengewachsenen Augenbrauen mal absieht, sodass immer wieder mal am Viktualienmarkt die Frage auftaucht, ob es wirklich nur einen Vater für die beiden Brüder gegeben hat. Dann schaut die Fanni manchmal nachdenklich zur Anni hinüber und schweigt. Jedenfalls hat der Kurt noch seine volle Haarpracht und ist auch sonst ein hübscher Kerl. Er war und ist der Liebling

seiner Mutter, zumindest sieht das von außen so aus, wenn die Anni dem Kurt immer wieder mal einen Geldschein in die Hand drückt oder ihm eines seiner Autos mit finanziert. Und manchmal denkt das auch der Hugo. Er hat nicht einmal einen Führerschein, aber er sagt nichts, sondern reibt sich nur manchmal die Augen, wenn eine seiner geliebten Opernarien durch den Äther rauscht.

Der Kurt ist auch schon lange verheiratet und von zuhause ausgezogen. Er hat einen Sohn der Axel heißt. Die schöne blonde Frau an seiner Seite, Hilde, kommt aus dem fernen Mülheim und man kann absolut sicher sein, dass es ein Mülheim auf der inneren Landkarte meiner Tanten bis zu dem Tag ihrer Ankunft in München nicht gegeben hat. Mülheim war jenseits allen Denkens. Als Hilde eines Tages zusammen mit ihrem Sohn Axel in der Tragetasche den Zug von Mülheim nach München besteigt, sich am Bahnhof ein Taxi nimmt und bei der Anni einfach so aufkreuzt, ist urplötzlich der bayerische Hausanstand schwer beschädigt. Dass ihr geliebter Sohn Kurt bei einem Montageaufenthalt im fernen Mülheim als bayerischer Mann die schöne preußisch-blonde Verwaltungsbeamtentochter kennenlernt und überflüssigerweise auch noch vor Ort bei den späteren Schwiegereltern schwängert, kann die Anni in ihren praktischen Hausverstand nicht einordnen. Und warum hat er nicht verhütet, wenn er schon hat? Schließlich gibt es diese Kondome oder Überzieher oder wie die Dinger heißen. In jeder Gaststätte kann man sie aus dem Automaten ziehen. Und diese preußische Hilde will auch noch geheiratet werden. Darauf besteht sie, mit dem Sohn Axel in der Tragetasche, als sie sich bei ihrer zukünftigen Schwiegermutter vorstellt.
Und so kam es dann auch. Als die preußische Verwandtschaft aus Mülheim zur Hochzeit anreist, aber im katholischen Bayern eine kirchliche Hochzeit aufgrund des sittenwidrig vorehelichen Beischlafs nicht möglich ist, kommt es zum ersten und letzten Streit zwischen der evangelisch angeheirateten Verwandtschaft und der Anni, die alle Marktfrauen an ihrem Ärger mit der Hochzeit teilhaben lässt. Dass der Sohn auch noch seine Mutter im fernen München als Geschäftsfrau mit einem großen Blumengeschäft direkt am Marienplatz, gegenüber vom Rathaus, ausgegeben hat und die Verwandten nun

einen blumigen Bauchladen, der jeden Abend mit dem „Flottweg“ gänzlich davongefahren wird, vorfinden, hebt die Stimmung nicht besonders. Dass die Anni aber die ganze Hochzeit beim „Soller“ im Tal ausrichtet und neben üppigen Blumenarrangements, die nicht aus ihrem „Blumengeschäft“ stammen, ein viergängiges Hochzeitsmenü auffahren lässt, dass sich die Tische nur so biegen, und auch noch die Übernachtung der umfangreichen preußischen Hochzeitsgesellschaft von ihrem blumigen Bauchladen bezahlt, stört die Verwandtschaft aus Mühlheim nicht im Geringsten.
Und so eckt der Schwiegervater besonders an, als er am späteren Abend und nach einigen Verdauungsschnäpsen seiner angeheirateten Schwiegermutter auf die Schulter klopft und meint: „Das hast du toll hingekriegt, Anna, das mit deinem Sohn. Ein schmucker Bursche, der Kurt, auch wenn wir ihm ganz schön auf den Leim gegangen sind mit dem Blumengeschäft direkt am Marienplatz. Holt sich das schönste Mädchen von Mülheim und erzählt solche Geschichten. Man glaubt es ja gar nicht.“
Da wird sie schon ein bisschen sauer, die Tante Anni. Schick sieht sie aus in ihrem grauen Kostüm mit den eingewebten Lurexfäden, die den ganzen Stoff glitzern lassen. Von der Seite her schaut sie ihn an, den Vater von der Hilde, dessen Namen sie nach dem Vorstellen sofort wieder vergessen hat.
„Wie meinen Sie jetzt das?“, fragt sie ihn und dabei glänzen die Augen genauso glasklar und schillernd wie die eingewebten Lurexfäden in ihrem Kostüm.
„Na, wie meine ich das denn, liebe Anna. Reingelegt hat er uns, dein Kurt mit seiner Angeberei, von wegen Blumengeschäft. Ich habe ja gar keinen Laden gesehen, da auf dem Marienplatz. Nur so einen kleinen mickrigen Korb, ha, ha … einen Bauchladen, nicht wahr, Anna.“
Sein Lachen wirkt gemütlich, fast wie bei einem bayerischen Menschen, denkt die Anni. Aber das denkt sie nur zwischendurch, gerade so lange wie die Wut braucht, die aus ihrem Unterbauch heraufwabert. Dann schaut sie direkt in sein hageres Gesicht hinein, zählt ihm im stillen Gedankenaustausch die schütteren Haare einzeln vor und betrachtet interessiert seine Hakennase, auf der eine randlose Brille sitzt. Die Wittelsbacher hatten auch solche Nasen, wie der da, denkt sie noch, wie schon die Wut direkt aus ihren Nasenlöchern strömt und feurige Löcher in die Luft brennt.

„Nix für ungut Anni, das hat der Otto ...“, beschwichtigt die angeheiratete Schwiegermutter erschrocken, aber die Anni hat sich schon innerlich aufgerichtet und lässt ihre Stimme über die Anwesenden herunterprasseln. „Was haben Sie da gerade gesagt, Sie …? Mein Blumenstand wäre ein mickriger Bauchladen? Das haben Sie doch jetzt gerade gesagt, oder? Dann sage ich Ihnen jetzt was! Mit dem mickrigen Blumenstand habe ich alle meine Kinder aufgezogen und meine Männer ausgehalten, dass Sie es wissen, Sie …! Und wenn mein Sohn, der Kurt, nichts Besseres zu tun hat, als Ihrer Tochter ein Kind anzuhängen und sie dann geheiratet werden muss, weil sie nicht auf ...“, das nächste Wort verschluckt sie so schnell, dass ihr die Spucke direkt aus dem Gesicht fliegt, „... dann glauben Sie, Sie könnten sich über mein Blumengeschäft lustig machen?“ Sie spricht so laut, dass es nicht nur die ganze Hochzeitsgesellschaft, sondern auch die Fußgänger im Tal hören können. „Das muss man sich von so jemand sagen lassen, der Zeit seines Lebens mit seinem breiten Hintern auf seinem Stuhl hockt in der Stadtverwaltung in Mühlheim und jeden Monat sein Geld kriegt, ohne dass er auch nur einmal aufstehen muss.“

„Mama …, mein Gott, Mama, hör doch auf!“ Der Kurt, der mit seiner frisch angetrauten Frau genau gegenüber sitzt, springt auf.

„Nix hör‘ ich auf. Jetzt fang‘ ich erst an. Da kommen‘s aus Mülheim daher zur Hochzeit, lassen mich alles zahlen, ohne auch nur eine Spur rot zu werden und machen sich über mein Geschäft lustig. Einheiraten wollten’s, gell, in ein reiches Geschäftshaus, gell? Das wär’s gewesen. Aber da habt‘s Pech gehabt, alle miteinander.“ Und wie sie heraus ist, die Wut, sackt sie auch schon wieder zurück in den Bauch. Sie schüttelt sich kurz, schnauft ein paar Mal kräftig ein und aus, zündet sich eine Zigarette an, steht auf und trinkt mit dem lachenden Soller-Wirt, der für die kleine Ansprache der Anni volles Verständnis hat und mit den Mühlheimer Angeheirateten auch nicht so recht warm wird, ein Schnapserl auf das Wohl des Brautpaars. Und seitdem sind die verwandtschaftlichen Verhältnisse mit Mülheim gestört, um nicht zu sagen, ganz eingegangen.

In dieser Familie gab es natürlich auch meine Großmutter Therese. Sie hatte es besonders schwer in der damaligen Zeit mit ihrem Klumpfuß, der noch viel schlimmer war als ein Buckel. Ihr rechter Fuß war völlig nach innen verdreht, so dass sie auf der inneren Fußkante laufen musste und bei jedem Schritt mit dem ganzen Körper zur Seite einknickte. Ständige Beschwerden in der Hüfte und den ganzen Gelenken machten ihr das Leben nicht gerade leicht und entsprechend war auch ihr Verhältnis zu den Leuten vom Viktualienmarkt.

Als die „bäs Res“ war sie am ganzen Markt verschrien und die Leute drehten sich um und bekreuzigten sich, wenn sie mit ihrem „Klumpfuß“ gesehen wurde. Wer in dieser „unaufgeklärten“ Zeit einen „Klumpfuß“ oder einen „Buckel“ hatte, also verwachsen war, war nicht zu beneiden, denn jeder bayerische Erdenbürger, der an so einem anders gestaltlichen Menschen vorbei kam, musste neben dem sich Bekreuzigen auch noch ein „Hüte dich vor den Gezeichneten!“ murmeln oder aber ein kurzes Vaterunser beten. So erzählen es die Altvorderen. Den „Buckligen“ und „Gezeichneten“ haben die Menschen der damaligen Zeit ja sogar noch zusätzlich die Hand auf den „Buckel“ gelegt, weil es ein Mal des Teufels war und eventuell oder vielleicht Glück bringen sollte oder könnte, wenn man es berührte. Da sieht man immer wieder, wie das Böse auch seine guten Seiten hat.

Außerdem hatte sie auch noch den bösen Blick, die Großmutter. So einen, der sicher auch die Frau Lot, die sich ja dann doch umgedreht haben muss, in Sodom und Gomorrha zur Salzsäure erstarren ließ, während der Herr Lot mit seinen Töchtern unbeschadet davon kam. Es könnte aber auch sein, dass der Großmutter das ewige Bekreuzigen und Murmeln des Vaterunsers der Leute ganz einfach auf den Sack oder die Eier ging und sie deshalb ein paar „böse Blicke“ hin und her schleuderte, gerade auch dann, wenn ihr wieder einmal jeder Knochen im Leib weh getan hat. Und dann hatte sie, die Großmutter, auch noch alle ihre Kinder „zeitlebens in Kost“ gegeben, das heißt, Pflegemütter bezahlt. Wie viele Kinder es genau waren, ist nie so recht an den Tag gekommen. Aber mindestens zwei waren von verschiedenen Vätern: meine Mutter und ihre Schwester, die Anni. Jedenfalls hat die Großmutter alle ihre Kinder, wie viele es auch gewesen sein mögen, nicht selbst großgezogen, sondern ist als „Hausiererin“ unterwegs gewesen. Das waren zur damaligen Zeit auch Menschen, denen man den bösen Blick zutraute, vor allen Dingen dann, wenn man ihnen an der Wohnungstür nichts abkaufte und sie den Korb voller Waren wieder einpacken mussten. Da soll es dann schon vorgekommen sein, dass auf dem Land so eine Hausiererin die Kühe im Stall verhext hat, die dann keine Milch mehr gegeben oder wenigstens nichts mehr gefressen haben. Vielleicht hatte meine Großmutter auch nur für die verschiedenen Kindsväter ein paar teuflische Wortschöpfungen oder Flüche übrig, weil sie ihren Alimente-Verpflichtungen nicht nachgekommen sind und sich diese Väter verfolgt oder verflucht fühlten. Jedenfalls kann man sich durchaus vorstellen, dass meine Großmutter den Stadtmenschen und Vätern den einen oder anderen bösen Blick zugeworfen hat, aus welchem Grund auch immer.

Der Vater von der Anni ist weitgehend unbekannt. Zumindest muss er aber einer der Männer gewesen sein, denen die Flüche der Großmutter gegolten haben. Ein Musikant, einer aus dem fahrenden Volk, ein Zigeuner mit einer Geige erzählt die Anni und dabei funkeln ihre schwarzen Augen. Sie liebäugelt damit, dass sie aus einem Zigeunerwagen herausgefallen ist und dass der angebliche Vater einer jener Zaubergeiger war, die bei den Zigeunern in jeder Generation vorkommen sollen, so ein Schwarzäugiger.

Kennengelernt hat sie ihn nie, die Anni, aber danach gefragt hat sie auch nicht.

Nachdem die Anni alle ihre Kinder zur Welt gebracht und den „Bobby“ auch wieder eingraben musste, alle Kriege überlebt und drei Mal „ausgebombt“ wurde, was nichts anderes heißt, als drei Mal das gesamte Hab und Gut zu verlieren, hat sie in der Baaderstraße in München, nur 10 Minuten zu Fuß vom Viktualienmarkt, eine neue Bleibe in Form einer 1 ½ Zimmer-Wohnung ohne Küche und ohne Bad gefunden, die dann auch mein Zuhause wurde. Nach dem Krieg wurden die großen Wohnungen aufgeteilt und sie ist in die eine Hälfte dieser ehemals Zimmerfluchten mit einer alten Weißnäherin als Nachbarin gezogen. Nachdem auch der Georg nicht mehr von der Ostfront nach dem Krieg nach Hause gekommen war und der vermisste Willi zwei Jahre später für tot erklärt wurde, hat sie sich dort ansässig gemacht und irgendwann in den 50-er Jahren den Paul als „Zimmerherren“ mit in die Wohnung genommen.

Wann und warum daraus ein Liebesverhältnis entstanden ist oder ob sie einfach nur einem Kriegsheimkehrer, der direkt aus der Gefangenschaft in

Frankreich kam, einen Unterschlupf geben wollte, weiß ich nicht, aber wahrscheinlicher ist, dass ihr der Paul gefallen hat. Sie war schließlich damals erst so um die 50 Jahre alt und der Paul ein paar Jahre jünger und ein fescher Mann dazu. Außerdem war er auch noch Sozialist und hatte vor dem Krieg im roten Haidhausen gewohnt, das auch zu der Zeit noch das arme Leute-Viertel in München war. Während der Revolution 1918 und 1919 haben Einheiten der Freikorps, auch weiße Truppen genannt, in Haidhausen gewütet und viele „rote" Arbeiter während der Räterepublik erschossen. Vielleicht war auch das ein Grund, warum die Anni, die als junges Mädchen in der Tabakfabrik von Dall'Armi Zigaretten rollen musste, sich später den Paul, der sich als ehemaliger roter Revoluzzer ausgab, ausgesucht hat. Allerdings war der Paul während der Revolution höchstens fünfzehn Jahre alt gewesen und das hat die Anni wahrscheinlich nie nachgerechnet.

D’Fanni

Der „Boandlkramer“ vom Brandner Kasper würde sagen, sie hat so einen „hinterkinftigen“ Humor, der daherkommt, wie ein kleines Reptil, das sich in die Herzkammern hineinbeißt, irgendwas lustvoll Eingebremstes. Und sie wird nie laut oder marktschreierisch, was ihr ja, um mit Rainer Werner Fassbinder zu sprechen, als Händlerin der Vier Jahreszeiten fast zustehen würde. Nein, die Fanni wirft ihre Humorbrocken unters Volk so ganz nebenbei, fast versehentlich und vor allen Dingen ganz leise. Da müssen die Zuhörer schon die Ohren spitzen, um ihre bissigen Kommentare auch mitzukriegen. Und nie schaut sie Beifall heischend in die Gesichter der anderen, wie das die Spaßmacher so manchmal an sich haben, um über ihre eigenen Witze am besten und lautesten zu lachen. Nein, die Fanni geizt mit jedem Wort und zieht nur ganz sachte ihre Mundwinkel leicht nach oben, wenn die anderen über einen staubtrockenen Ausdruck oder eine Bemerkung mehr oder weniger fast von den Stühlen fallen. Dabei knattert sie ein wenig mit dem eingebauten Krankenkassengebiss, das zu jener Zeit noch etwas unkommod im Mund liegt. Das ganze Gesicht bleibt dabei völlig ruhig, nur die graublauen Augen blitzen vor sich hin und die Tonlage verändert sich leicht nach oben. Die Fanni ist Obsthändlerin, hat aber keinen festen Standplatz am Viktualienmarkt sondern fährt mit ihrem Obstkarren einen sogenannten Turnus. Wenn man einen Turnus hat, darf man innerhalb der Stadt München vorgeschriebene Standplätze mit seinem Karren anfahren und eine Woche lang Obst oder Gemüse verkaufen; dann muss man zum nächsten Standplatz wechseln. Das geht so das ganze Jahr. Am Anfang des Kalenderjahres werden die Turnusse an die Obsthändler vom „Magistrat“, also der Stadtverwaltung, ausgegeben. Und nachdem das auch nur Menschen sind, gibt es gute und schlechte „Turnusse“. Ein guter Turnus ist zum Beispiel, wenn man in der Weihnachtswoche am Marienplatz stehen darf; ein schlechter, wenn jemand anders dort steht. Und nachdem es mehrere Obsthändler mit Turnus gibt und nur einen Marienplatz, klagen die meisten über den „schlechten Turnus“, den sie dieses Jahr wieder fahren müssen. Und natürlich bekommt immer der Falsche von der Stadtverwaltung den Marienplatz in der Weihnachtszeit.

So einen Turnus zu „fahren“ ist eine kräfteraubende Angelegenheit, die frühes Aufstehen erfordert. Schon morgens um 5.00 Uhr muss man in der Großmarkthalle die Waren einkaufen. Wenn man später kommt, hat sich meistens schon die Konkurrenz das schönste Obst und das beste Gemüse weggeschnappt und die Grossisten so mit den Preisen herunter gehandelt, dass diese bei den Spätkommenden dann ihre Verluste wieder wettmachen müssen. Händler sind jedenfalls beide Seiten und wer nicht wirklich dieses Geschäft versteht, hat schon am frühen Morgen den ganzen Tag verspielt. Aber die Fanni ist ein Kind ihrer Mutter, die noch im hohen Alter beim Kartenspielen in der „Kronfleischküche am Markt“ ihre genauso alten und schlechtsichtigen Mitspielerinnen so beschissen hat, dass den alten Damen manchmal der Hut hoch ging und sie mit gichtigen Fingern ihre kleinen Geldschälchen fest umklammerten, um nicht schon wieder einen Pfennig Verlust herausrücken zu müssen.

Die alte Frau Weinhofer, die der Fanni und noch ein paar Geschwistern Anfang des Jahrhunderts das Leben geschenkt hat, war genauso Obsthändlerin mit Turnus wie ihre Tochter. Jetzt aber ist sie im Ruhestand oder im Austrag und sitzt den ganzen Tag in der „Kronfleischküche am Markt“, einer großen bayerischen Gaststätte direkt am Viktualienmarkt, die mit den umliegenden Gaststätten wie dem Marktstüberl, dem Blauen Bock oder dem Bratwurstherzl nicht konkurriert, weil sie als einzige schon am frühen Morgen öffnet, wenn die Lichter zum Beispiel vom „Marktstüberl“ noch gar nicht ausgegangen sind. Hier sitzen in der Herrgottsfrühe schon die ganzen Marktleute ab 5.30 Uhr beim ersten oder letzten Kaffee und reden über die Neuigkeiten, die die Schriftsetzer der nahen Süddeutschen Zeitung, die die Nacht über an den Neuesten Nachrichten der Stadt, dem Landkreis und der ganzen Welt gearbeitet haben, erzählen. Übertroffen werden die nur vom „Schmalzladen“, der gegenüber vom Grünen Markt und direkt am Eck zum Jakobsplatz schon um 5.00 Uhr aufmacht und mit den uralten Schmalznudeln im Schaufenster eigentlich eher nicht zum Verbleiben oder auch Kaffeetrinken einlädt. Da sitzen schon in der Früh‘ die Schachspieler und ein paar Markleute, denen das alte Gebäck im Schaufenster nicht den Appetit verdirbt und die sich lieber an die lauwarmen Wiener Würstl halten, die in einem Kessel warm gehalten werden und die die Wirtin mit einer Holzzange, die auch schon bessere

Zeiten gesehen hat, einzeln rausholt. Ein paar Häuserecken weiter, Richtung Viktualienmarkt und auf derselben Straßenseite, gibt es auch noch das Café „Schmalznudel" für Spätheimkehrer, das tatsächlich schon am frühen Morgen frische Schmalznudeln zum Aufwachen offeriert und wo so mancher Rausch noch mit dem ein oder anderen Weißbier bis in den frühen Vormittag verlängert wird.
Während also die Männer der Nachtschicht der Süddeutschen Zeitung noch in der „Kronfleischküche am Markt" ihr erstes oder auch letztes Bier trinken, um dann todmüde nach Hause zu fahren, rauchen die Köpfe der anderen Gaststättenbesucher nicht nur von den unzähligen Zigaretten, die ausnahmslos gequalmt werden, sondern auch von der dicken Luft, die in der Kronfleischküche manchmal hin- und herwabert und nichts mit dem Essen zu tun hat, das allerdings auch schon relativ früh in die Kessel kommt.

Die „Kronfleischküche am Markt" hat ihren Namen vom Kronfleisch, das, laut Internet, „in Bayern und Österreich küchensprachlich als das Zwerchfell bezeichnet wird. Das zu den Innereien gezählte, grobfaserige und trockene Muskelfleisch von Rind, Kalb und Schwein wird als einfaches Suppenfleisch, als Zutat von Bruckfleisch und auch von Gulasch verwendet. Daneben wird es als Gericht „Kronfleisch" in Brühe kurz gekocht, so dass es innen noch rosa ist, und in der Münchner Küche als Zwischenmahlzeit am Vormittag mit frisch geriebenem Meerrettich, kräftigem, dunklen Mischbrot, Senf, grobem Salz, Essiggurken und Schnittlauch serviert wird. Im Fichtelgebirge wird Kronfleisch (vom Rind) gerne am Schlachttag zum Abendessen gereicht, also einen Tag vor der Schlachtschüssel. Beilagen sind hier ebenfalls Mischbrot, dazu Kräuterbutter und Meerrettich. Für saures Kronfleisch wird das Fleisch blättrig geschnitten, mit gehackten Zwiebeln angebraten, mit Mehl bestäubt, mit Essig und Brühe abgelöscht, mit Kümmel, Majoran, Thymian und Petersilie gewürzt, weich gedünstet und mit saurem Rahm verfeinert." Wenn man sich überlegt, was die Menschen so alles essen, bevor sie sich zum Mittagessen hinsetzen, als Zwischenmahlzeit zum Beispiel.
Bevor die Fanni in der Frühe in besagter „Kronfleischküche am Markt" schon ihrer Karten spielenden Mutter begegnet und mit ihren Freundinnen beim Frühstück die Weltlage wieder ins Lot bringt, muss sie erst in der

Großmarkthalle in München-Sendling ihre Ware einkaufen und dann ihren Obstkarren entsprechend damit bestücken, hinter dem sie dann später teilweise selbst steht oder sich auch von einer Verkäuferin vertreten lässt. Die Großmarkthalle gibt es schon seit 1912 und gehört laut Internet mittlerweile zu den größten europäischen kommunalen Märkten für Lebensmittel und Blumen.
Sie muss sehr früh aufstehen, denn, wie gesagt, die Geschäfte gehen ab 5.30 Uhr morgens los und hier gilt ganz besonders, dass der frühe Vogel den Wurm frisst. Wer später kommt, findet nicht mehr die Qualität der Ware oder muss nehmen, was übrig bleibt. Auch wenn zu späterer Stunde die Preise niedriger werden, damit die Grossisten ihre Ware noch an den Mann oder die Frau bringen. Aber das Marktvölkchen weiß ganz genau, bei wem und zu welchem Preis man einkaufen muss, wer mit sich handeln lässt und wer auch versucht, zu „bescheißen“ um das böse Wort betrügen nicht zu vergewaltigen, denn „bescheißen“ heißt nichts anderes, als hin und wieder einen faulen Apfel in die untere Lage der Obstkiste hinein zu schwindeln, um seinen Verlust bei der Vergänglichkeit der empfindlichen Ware wett zu machen und hat mit Betrug überhaupt nichts zu tun. So sagen und denken sie, die Grossisten. Die Fanni denkt da anders, wenn sie etwas Fauliges meint, entdeckt zu haben und wie es ihre Art ist, eher leise und verhalten, dafür aber nicht direkt unbissig dazu Stellung nimmt.
„Wos hast'n da jetzt grad neig‘schwindelt in de Steig‘n. Der Pfirsich da ist ja ganz faul“, sie dreht ihn in ihrer Hand, „Ganz derfeit ist der, siehgst du des net? Der hat ja lauter Flecken. Tu du mich fei nicht so bscheißn, des sag i dir …“
Der Grossist von der Großmarkthalle bekommt einen roten Kopf und schaut unsicher auf die Obstkiste, in der samtige Pfirsiche im Schönsten rot eingebettet sind, mit Ausnahme von dem einen fleckigen, den die Fanni in der Hand hat. „Gar nix hab i nei gschwindelt. Des san keine Flecken, sondern der is nass g'worn.“
„Aha! Nass is er worn. Und warum is er dann so doagad?“ Sie drückt so mit ihrem knochigen Finger in den einen Pfirsich, dass der Finger stecken bleibt und das ganze Fruchtfleisch in sich zusammenfällt. „Das kannst du deiner Putzfrau erzähl‘n, dass die Pfirsich bloss nass worn sind. Dafeit san

de, de ganze Steig'n is dafeit, de kannst gleich wieder mit nehma und von de ander'n zahl' i dir bloss den halben Preis!" Sie nimmt die oberste Steige von insgesamt zehn, die auf einem großen hölzernen, vierrädrigen Wagen mit einer Deichsel liegen und mit der die Grossisten die Waren zu den VW-Kastenwagen ihrer Kunden fahren, und reißt sie mit so einem Ruck herunter, dass die Pfirsiche fast alle heraus purzeln aus ihrem schönen roten Papierbett. Und siehe da! Der ein oder andere hat tatsächlich auf der Unterseite auch ein paar Flecken, wie er jetzt so bäuchlings auf dem Kopfsteinpflaster liegt.
„Da schau her, nass san's worn. Alle, oder? Und alle hab'ns Flecken kriagt. Und wia soll ich des meiner Kundschaft erklär'n?" Und damit nimmt sie einen um den anderen Pfirsich, der am Boden liegt und zeigt mit ihren Fingern auf die Flecken. „Gell, leck mich doch am Osch, mit deine greisligen Pfirsich."
Der Grossist nimmt ihr den Pfirsich aus der Hand: „Na, du konnst mi am Osch lecken mit deiner Kundschaft. Du kriagst jetzt von mir koan einzigen Pfirsich mehr, vastehst du mi? Dann brauchst gar kein mehr nemma. Gar keine mehr, verstehst mi. Glaubst du vielleicht, ich lass' mir von dir alle meine ganzen Pfirsich dadrucka. Dann kaffst das halt net!"
Er nimmt den Wagen mit den ganzen Steigen und will ihn zur Seite ziehen, aber die Fanni ist schneller: „Die Steig'n tust du da lassen, gell. Und zahl'n tu ich dir höchstens noch die Hälfte für deine nass'n Pfirsich."
Zähneknirschend muss der Grossist nachgeben, damit er eine gute Kundin nicht verliert. Auf dem Obstkarren werden die Pfirsiche von der Fanni zu einem sanften Hügel aufgebaut. Die schönen roten Pfirsiche, die so samtig eingebettet in der Obstkiste liegen, kommen jetzt alle nach vorn und ganz nach oben und lächeln die vorbeigehenden Hausfrauen in ihren Schürzen und groben Einkaufstaschen freundlich an. Die weniger schönen, fleckigen oder auch schon ein bisschen angefaulten Pfirsiche finden ihren Platz unter dem Hügel, sozusagen als unsichtbare Grundfeste der ganzen Pfirsichlandschaft. Die ganz fauligen, die auch schon danach aussehen, liegen ganz hinten direkt neben der Kasse und finden ihren Weg in so manche Tüte der Kundschaft, die besser zu Hause geblieben wäre.
Neben den Pfirsichen hat die Fanni heute auch Kirschen eingekauft und den Obstkarren in zwei Abteilungen umgebaut. Die Pfirsiche liegen rechts

und - mit einer kleinen Schranke dazwischen - die Kirschen links. Auch hier gilt das Prinzip, die besten nach vorn, die fleckigen ganz unten und die richtig schlechten direkt neben die Kasse ganz hinten.
Eine bessere Frau in einem grauen Kostüm mit einem dazu passenden kleinen grauen Hütchen bleibt vor dem Obstkarren und vor der Fanni stehen, die gerade die Gewichte ein bisschen hin und herschiebt und die justierte Waage betrachtet. Als die Kundin vor dem schönen Pfirsichberg stehenbleibt und mit ihrer Nase immer näher an die Früchte herankommt, reagiert die Fanni und beobachtet sie aus den Augenwinkeln ohne den Kopf zu heben.
„Derf's was sein?"
Die bessere Frau nimmt jetzt einen Pfirsich von ganz oben, dreht ihn in alle Richtungen und begutachtet seinen samtigen Teint. Die Fanni schaut ihr ganz ruhig dabei zu.
„Tun's bittschön gleich den Pfirsich wieder hinlegen, gell! Haben's des Schild net gelesen. Berühren der Waren verboten! Also, tun's den Pfirsich wieder hinlegen. Der kriegt doch lauter Druckstellen von Ihre Finger."
„Was denn für Druckstellen? Von mir? Ich drück den Pfirsich doch gar nicht. Ich schau ihn nur an."
Aber die Fanni ist gnadenlos: „Anschaun' können's ihn auch mit den Augen, da müssen's ihn nicht in die Finger nehmen." Sie nimmt ihr den Pfirsich aus der Hand und wischt luftig über die samtige Haut, als würde sie ein lästiges Insekt davonjagen.
Die Frau meint jetzt: „Na, ja, dann nehme ich halt Kirschen. Sind die auch frisch?"
„Was meinen's?"
Die Kundin nimmt jetzt ein Kirschen-Pärchen in die Hand und zeigt sie ihr. „Ich meine, ob die auch frisch sind, die Kirschen?"
Da geht die Fanni nach vorne zu der Frau, nimmt ihr die Kirschen sanft aus der Hand, legt sie sorgfältig wieder auf den schönen großen Kirschenhügel und meint: „Ja, de san ganz frisch, aber auf'n Christbaum kannst' das nicht mehr n'aufhängen, gell!"
Und weil die bessere Frau jetzt erst merkt, dass sie schon wieder das Obst angefasst hat und auch gar nicht versteht, was die Fanni da gesagt und gemeint hat mit dem Christbaum, kauft sie vor lauter Verlegenheit ein ganzes

Kilo Kirschen, das ihr die Fanni mit einer kleinen Schaufel seelenruhig von dem hinteren Haufen gleich neben der Kasse in eine Stranitz'n hineinfüllt …

Die ganze Lebensgeschichte von der Fanni kann man eigentlich gar nicht erzählen, ohne gleichzeitig die von der Anni im Ohr zu haben. Denn da gibt es vor allen Dingen zwei Söhne. Interessanterweise auch einen Sohn namens Bobby und es könnte sein, dass sich hier das Schicksal der beiden Freundinnen fast nahtlos gekreuzt hat.

Denn dieser Bobby gehört auch zur Familiengeschichte der beiden Tanten, und sein Vater - wie könnte es anders sein - war vermutlich jener Georg, der Bruder von dem geheirateten Soldatenehemann Willi, dem Mann von der Anni. Aber der Georg war auch mit der Fanni nicht verheiratet, sondern einfach nur ein „Hallodri", wie Zeitzeugen wissen wollen. „Des war einfach a fescher Kerl, verstehst du des. Dem sind de Weiba nachglaufen. Der hat nix gearbeitet, sondern nur Kinder g'macht, der Fanni und der Anni und sonst vielleicht a noch a paar."

Und so war der zweite Bobby eigentlich das zweite unledige Kind vom Georg, wenn die Zeitzeugen recht haben, denn auch die Fanni war verheiratet. Ihr Ehemann, der Anderl, hat in den Kriegswirren und kurz vor dem Endsieg als junger Soldat noch schnell den Kurt gezeugt. Ob er gewusst hat, dass der Bobby nicht von ihm war. Wenn er nicht von ihm war, ist das in der damaligen schlechten Zeit und den Kriegs- und Nachkriegswirren vielleicht ein wenig untergegangen und die Leute reden ja auch manchmal viel, wenn der Tag lang ist. Obwohl, der Bobby war schließlich schon zehn Jahre alt, wie der Kurt auf die Welt kam. Und wenn der Anderl die ganze Zeit gewusst hat, dass der Bobby nicht vom ihm war, dann kann man ihm gedanklich nur auf die Schulter klopfen, denn von ihm hat es niemand erfahren, soviel man weiß. Der Anderl hat allerdings auch von den späteren Entwicklungen seiner nun zwei Kinder nicht mehr viel mitbekommen und ist recht schnell an den Folgen einer Kriegsverletzung gestorben.

Der Bobby ist, ganz im Gegensatz zu seinem jüngeren Bruder, dem Kurt, ein kleiner Ganove. Als schlechter Schüler und Randalierer hat er so ziemlich jede Schule geschmissen und sich als Jugendlicher mehr oder weniger nur am Viktualienmarkt herumgetrieben, um von seiner Mutter Geld zu verlan-

gen oder als Hilfsarbeiter für die Händler zu arbeiten. Denn auch sie hat diesen Sohn - so wie meine Großmutter Therese - in Kost gegeben, um ihren Lebensunterhalt zu verdienen. Den zweiten Sohn Kurt hat sie allerdings selbst aufgezogen und das kann ihr der Bobby manchmal nicht verzeihen, dass nur sein Bruder zu Hause war und er nie hat dort wohnen dürfen. Jetzt ist er Ende zwanzig und wohnt irgendwo, meistens bei einer Freundin. Gelegentlich sitzt er im Gefängnis, weil er keiner Schlägerei aus dem Weg gehen kann und Automaten- und Autoknackerei als Kavaliersdelikt versteht. Er ist ihr Sorgenkind und sie weiß die meiste Zeit nicht, wo er abgeblieben ist. Aber wenn er wieder auftaucht, ist sie froh, dass er da ist und dass er nicht wieder irgendwo rein geraten ist.
Meistens kommt er in die „Kronfleischküche am Markt", wenn er wieder etwas braucht, am liebsten Geld. Die Atmosphäre dieser alten Münchner Wirtschaft mit den dunklen Holzdecken, die vom vielen Rauchen noch schwärzer wirken, der runde Markt-Stammtisch mit dem Reserviert- Schild in der Mitte, das auf einen Aschenbecher geschraubt ist und die Stopsel-Club-Abteilung, der auch die Fanni und die Anni angehören, hat etwas Heimeliges, Vertrautes. Links von der Theke am Ende der großen Gaststube sitzen die Rentner- Kartenspieler an einem Tisch und an den beiden nächsten die Blumen- und Obstleute. Rechts vor der Theke am Markt-Stammtisch dürfen nur die Zeitungsleute von der Süddeutschen Zeitung und die Marktstandl-Besitzer sitzen, die sich sowieso für was Besseres halten.
So ein Marktstand hat vor allen Dingen elektrischen Strom, einen zusätzlichen Keller und ist teilweise an die Wasserversorgung angeschlossen, was gerade für die Blumenhändler wichtig ist. Durch die Stromversorgung kann man die Stände teilweise auch beheizen und ein paar Utensilien in dem kleinen Innenraum aufstellen, wie zum Beispiel Kühlschrank etc.
Die Standlleute haben gegenüber den Händlern, die nur einen offenen Stand am Grünen Markt oder am Ganserlmarkt haben und den Unbilden des Wetters gänzlich ausgesetzt sind, enorme Vorteile, die sie aber auch bezahlen müssen, was den mittlerweile zu Denkmälern erstarrten Münchner Künstlern, wie dem Weiß Ferdl, Karl Valentin oder der Liesl Karlstadt, nur ein ungläubiges Kopfschütteln über so viel wirtschaftliches Interesse herauslocken würde, falls sie eben keine Denkmäler mitten am Viktualienmarkt wären.

Wenn der Bobby also die Türe zur „Kronfleischküche am Markt“ aufmacht und die mittlerweile schon leicht grauen und dauergewellten Haare seiner Mutter sieht, die dann nur kurz aufschaut und ein „Was machst’n du da?“ murmelt, auch wenn sie ihn schon ein paar Wochen nicht mehr gesehen hat, dann hat er so ein Feixen im Gesicht, als hätte er gerade den Froschkönig geküsst und jetzt drei Wünsche frei. Da fällt dann auch gleich auf, wie ähnlich er seiner Mutter mit der gleichen scharfen Hakennase und den blaugrauen, immer wachen und humorvollen Augen ist. Wenn er dann auch noch den Mund aufmacht und ein paar Worte von sich gibt, denn viel redet der Bobby sowieso nicht, dann meint man auch, seine Mutter zu hören, nur ein paar Oktaven tiefer. Was er sagt, wenn er was sagt, kann auch witzig sein, aber nicht so zielgerichtet und staubtrocken wie seine Mutter und seine barocke Figur hat mit dem dünnen G’stell von der Fanni auch nicht viel zu tun. Und der Bobby hat weiche, volle Lippen und halb geschlossene Augenlider, die an eine Art Schlafzimmerblick erinnern, meinen die Leute. Aber den muss er aus einer anderen Zeit oder Generation mitgebracht haben, an die sich niemand mehr erinnert. Jedenfalls hatten weder der Georg noch der Anderl so einen Blick drauf.

Sein jüngerer Bruder, der Kurt und vermutlich auch selbst gezeugte Sohn seines Vaters Anderl, ist das genaue Gegenteil. Die Volksschule hat er bis zur letzten Klasse mit guten Noten abgeschlossen und versucht jetzt auf dem zweiten Bildungsweg die Fachhochschulreife zu erlangen, damit er an der Technischen Hochschule oder dem Polytechnikum studieren kann. Er ist bebrillt, hat glatte unscheinbare Haare, eine blasse Haut mit vielen Sommersprossen, die Hakennase seiner Mutter und leider auch ihre dünnen Lippen, die er immer ein bisschen ironisches hochzieht. Er ist der „Studierte“ in der Familie und seine Mutter ist recht stolz auf ihn, dass er so aus der Art schlägt und Ingenieur werden will. Das lässt er sich auch anmerken in der Runde der Marktleute und übernimmt gern bei diversen Diskussionen die Führung mit dem Hinweis, dass er schließlich fast alles wissen muss, als „Schtudierter“. Und dabei zieht er dann ein bisschen die dünnen Lippen nach oben, die ein wenig nach Belehrung und Verachtung aussehen. Das geht so einigen Marktmenschen und auch den Zeitungsleuten von der

Süddeutschen manchmal auf den Geist und die Fanni muss sich ein paar Sprüche gefallen lassen, die sie mit einem dünnlippigen Lächeln abtut.
„Dein Kurt, des ist ja ein ganz „Hinterkünftiga“ mit seine gescheit'n Sprüch, Fanni. Meinst net, dass er ein rechter Streber wird, weil er gar so angibt. Ausschauen tut er ja wie a schwindsüchtig's Zigarettenbürscherl, aber a Gosch'n hat der wie der Franz-Josef, bloß dass der besser red'n kann.“
Mit Franz-Josef meint er den Franz- Josef Strauss, der gerade als Verteidigungsminister die Deutschen in Atem hält. „Bis dass ihm einmal eine naufhaun auf d'Nuss, weil er sei Gosch'n nicht halten kann, wenn a anderer was sagt.“, und damit meint der Mann von der Süddeutschen Zeitung jetzt wieder den Kurt und nicht den Franz-Josef. Aber die Fanni lässt ihn reden und die anderen auch. Sie hofft inständig, dass wenigstens dieser Sohn ein rechtschaffener Mann wird und seine Familie eines Tages durch einen ordentlichen Beruf ernähren kann.
Recht ist es ihr allerdings nicht, dass er unter den Marktleuten so gar nicht ankommt. Sie möchte auch nicht, dass er immer wieder in die „Kronfleischküche“ kommt, so wie der Bobby. „Der soll bei seinen Büchern bleiben“, murmelt sie sich manchmal selbst zu, aber verbieten kann und mag sie es ihm auch nicht. Dazu kommt, dass die Fanni, so wie die Anni auch, einen Freund hat, den rotgesichtigen Gustl. Die Leute sagen, dass er früher ein „Zuhälter“ oder ein „Lude“ gewesen wäre, worunter man einen versteht, der nicht arbeitet und sich von anderen aushalten lässt und dass er deswegen auch im Gefängnis gewesen wäre, aber das weiß niemand so genau. Jedenfalls ist der Gustl nicht besonders beliebt am Markt und nicht nur deshalb, weil Zuhälterei in Deutschland strafbar ist. Er ist ein eingebildeter Kerl, der den Leuten mit seiner Rechthaberei und seinem parfümierten Auftreten auf die Nerven geht. Und was die Fanni an ihm findet, wissen die Leute auch nicht. Mit ihren beiden Söhnen kommt er auch nicht zurecht und seitdem es zwischen dem Bobby und ihm zu einer Rauferei gekommen ist, muss er immer aus der kleinen Wohnung verschwinden, wenn einer der Buben zu Besuch kommt. Außerdem hat er nichts gehabt, bevor er in das kleine Appartement bei der Fanni eingezogen ist, sagen die Leute. Sie hat ihm auch einen Obstturnus besorgt, zahlt die Wohnung und das Auto, das er fährt. Er ist ein großer, stattlicher Mann, der Gustl und „macht etwas her“, aber er ist geizig

und auch darüber wird geredet. „So a noadiger Kerl“, heißt es in Marktkreisen über ihn, „Früher haben ihn die Nutten ausgehalten und jetzt die Fanni.“

S‘Reserl

Die Anni hat sie abgöttisch geliebt, ihre Schwester, und „Reserl“ zu ihr gesagt, denn eigentlich hieß meine Mutter so wie meine Großmutter Therese. Aber auch ihre beiden Neffen, die Söhne meiner Tante, alle Schwager, Schwippschwager, Großtanten und Freunde, alle haben sie geliebt, meine Mutter, das Sorgenkind der Familie mit der zerstörten Seele und den vielen Tränen und haben sie „Reserl“ genannt. Wenn sie von ihr gesprochen haben, dann immer mit einem kleinen traurigen Unterton.

„Hast du’s Reserl gestern gesehen? Ganz tiefe Augenringe hat ‚s wieder gehabt.“

„Und gweint hat ‚s wieder, weil er so viel sauft, der Franz.“

„Bei der Anni war’s wieder und hat ‚s Kind mitgebracht. Sie will weg von daheim. Aber wo soll’s denn hin?“

„Und die Anni hat ja auch keinen Platz in der kleinen Wohnung.“

„Wo doch der Paul jetzt auch da ist.“

„Den ganzen Tag ist er in der Wirtschaft, der Franz, und wenn er abends heimkommt, fangen’s zu streiten an.“

„Und die Kinder müssen das alles mitmachen.“

„Und g’schlagen hat er’s auch wieder. A blau’s Aug‘ hats g’habt.“

„Des wenn meiner wär‘, dem würd‘ ich schon zeigen, wo der Bartl an Most holt.“

Meine Mutter war eine gut aussehende, dunkelhaarige Frau mit weichen slawischen Gesichtszügen, tiefliegenden, verträumten blauen Augen und hohen Backenknochen. Sie hat nicht viel gelernt für das Leben und vor der Ehe mit ihrem Mann Karl in einer Papierfabrik als Hilfsarbeiterin gearbeitet. Der Karl war Schreiner. Als sie geheiratet 1934 haben, waren sie beide 25 Jahre alt. Ein Jahr davor Adolf Hitler in Deutschland die Macht übernommen und am 10. Mai 1933 wurden im Lichthof der Ludwig-Maximilian-Universität Tausende von Büchern verbrannt. Darunter die Werke von Erich Kästner, Alfred Döblin, Ernest Hemingway, Franz Werfel, Arthur Schnitzler, Berthold Brecht, Kurt Tucholsky, Maxim Gorki, Heinrich, Klaus und Thomas Mann. Im März 1933 wurde im benachbarten Dachau bereits eines der ersten Kon-

zentrationslager von Nazi-Deutschland errichtet, das zum Vorbild für das KZ-System des nationalsozialistischen Staates wurde.
1939 begann der Krieg und der Karl war einer der ersten, der eingezogen wurde. Als die deutsche Wehrmacht 1940 Holland besetzte, war er mit dabei und die Briefe nach Hause wurden immer seltener. Im August 1944 ließ er sich bei einem Besuch in der Heimat von meiner Mutter scheiden.
Im Oktober 1944 kam ich zur Welt und wer der Vater ist, weiß nur sie selbst und vielleicht die Anni. Der geschiedene Karl, der nun mit einer Holländerin liiert war, wurde im Feld vermisst. Ende der 50-er Jahre bekam die Anni Besuch von einem seiner Kameraden, der ihn im Krieg hat sterben sehen und seiner Frau oder seinen Kindern das sagen wollte, falls es welche gab. Das hat er getan und ich dachte damals, dass jetzt mein Vater auch tot ist. Das war ein Irrtum, den ich lange nicht wahrhaben wollte. Aber das mit dem Tod vom Karl hat das Reserl nicht mehr erfahren müssen.
Gleich nach Kriegsende, kurz vor der Währungsreform, heiratete sie ein zweites Mal. Einen Mann mit drei Kindern, dem die Frau davon gelaufen war und den sie bei ihren täglichen Besuchen im Krankenhaus, in der Haunerschen Kinderklinik in der Lindwurmstraße kennengelernt hat. Ich hatte eine schwere Verbrennung und eines seiner Kinder hatte sich einen Fuß gebrochen. Da sind sie sich nahe gekommen und haben sich gegenseitig ihr Schicksal erzählt. Der Franz war, genauso wie ihr Karl, auch Schreiner und hat sich und seine drei Kinder mit Gelegenheitsarbeiten durchgebracht. Wie sie im Standesamt Nr. III in der Ruppertstraße dann geheiratet haben und zusammengezogen sind, hat er in der Bank vom Schlachthausviertel, direkt gegenüber vom „Wirtshaus im Schlachthof" eine Anstellung als Hausmeister und Schreiner bekommen und wir sind dann zu sechst in die dortige Kellerwohnung eingezogen. Wie die Anni das mit der heimlichen Hochzeit und dem neuen Schwager Franz erfahren hat, war es erst einmal vorbei mit dem schwesterlichen „Reserl".
Jetzt hatte ich plötzlich drei neue Geschwister und meine Mutter insgesamt vier Kinder. In der Kellerwohnung gab es eine Wohnküche mit anschließendem Heizungskeller, ein Elternschlafzimmer und ein Kinderzimmer für uns vier. Die an unsere Wohnung anschließenden Räumlichkeiten bestanden aus einer großen Garderobe für die Bankangestellten mit vielen schmalen Spin-

den, einem Tresorraum, der aber immer versperrt war, und einem Zimmer mit einer Tischtennisplatte.
Mein neuer Vater Franz, liebte mich mehr als seine eigenen Kinder und schenkte mir sein Herz. Wenn er oft genug volltrunken nach Hause kam und an meinem Bett stand, sang ich ihm meine Kinderlieder vor und er brabbelte irgendetwas vor sich hin, putzte sich die Nase an seinem großen Schnupftuch und streichelte mir manchmal zärtlich über die dünnen Haare, die schon damals aufgeregt und dünn vor sich hinflogen und weder als Zopf noch mit Schleifchen nach irgendetwas aussahen.
„Hast du heute Nacht auf dem Kopf geschlafen?“, muss ich auch als sehr erwachsener Mensch noch hören, wenn die fransigen Haarspitzen senkrecht nach oben oder seitwärts wie Jumboohren strebten, als wären sie gerade einer Steckdose entkommen. Als ich meine erste Brille bekam, bog ich das billige Krankenkassengestell in alle Himmelsrichtungen, damit es einigermaßen gerade auf meiner Nase sitzen sollte.
Es ist mir nie gelungen, auch nicht bei den späteren Brillen, die schon rein modisch mehr hermachten und eigentlich fast jedes Gesicht ansprechend verzaubern konnten. Auf meinem Gesicht saß und sitzt immer alles schief und das Gesicht war und blieb verschoben, als hätte jemand daran gedreht. Vielleicht hatte es aber auch etwas damit zu tun, dass sich bei meiner Geburt gerade einer der vielen Fliegerangriffe auf München austobte und die explodierenden Bomben alle in den Keller trieben, auch die Gebärenden. Vielleicht wollte ich aus Angst vor dieser lauten und brennenden Welt wieder zurück in die himmlischen Gefilde, aber die Geburtszange hatte mich mit Gewalt auf diese Erde gezogen und mir dabei vielleicht das Gesicht verschoben. Dieser Widerstand gegen die himmlischen und menschlichen Eingriffe ist mir bis heute geblieben.
Aber mein Stiefvater, der Franz, liebte mich und ich glaube, dass er mir manchmal mit seinem betrunkenen Gebrabbel seine ganze Traurigkeit über seine Ehe erzählten wollte. Eine Ehe, die zwei Menschen zusammenbrachte, um gemeinsam überleben zu können in den schweren Nachkriegsjahren, wo es von allem zu wenig gab und auf den Straßen mehr dünne und verhärmte Menschen als Kartoffeln auf dem Markt zu sehen waren. Eine Heirat zwischen zwei Menschen, die keineswegs füreinander bestimmt wa-

ren, sondern die die Not, die Suche nach Geborgenheit, nach Versorgung zusammen getrieben hat.
Am Anfang hat es glückliche Jahre gegeben mit Erinnerungen wie Schlittenfahren auf der Theresienwiese („Aus der Bo, Zitronamo, hint'n hängt der Deifi dro.") oder „Seifenkistlrennen" am Fuß der Bavaria. Auf einer circa 220 Meter langen Holzbahn sausten da die selbstgebauten „Autos" herunter, die tatsächlich aus Holzkisten mit vier Rädern bestanden und in der Regel keine Bremsen hatten. Einige der „Seifenkistl" sind schon von oben schief daher gekommen, seitlich ausgebrochen und ungebremst in die aufgebauten Strohballen reingerauscht oder umgestürzt und ohne Räder weiter gerutscht, weil das ganze Fahrgestell auseinander gebrochen ist. Sturzhelme gab es keine und so mancher ist mit kleinen oder größeren Blessuren, die der Vater dann auch noch mit einer Ohrfeige quittiert hat, nach Hause gekommen, weil das „Seifenkistl" ohne Wissen der Eltern gebaut worden ist und es „hätte ja was passieren können".
Glückliche Erinnerungen auch, wenn der Franz zu dem Schäfer auf die Theresienwiese gegangen ist, um mit ihm ein „Quattl" Bier zu trinken und wir mit den Schafen und dem Schäferhund spielen durften. Glückliche Momente, das erste Fahren mit einem uralten, verbogenen Fahrrad, das wir zwischen den Ruinen gefunden hatten, dem dauernd die völlig verrußte oder verölte Kette raussprang und das bei jeder zweiten Umdrehung umfiel, weil ich noch zu klein war, das Lenkrad zu halten, um auf den Pedalen zu stehen. Und selige Kindheitserinnerungen an das Radl „Hirnwurscht" vom Metzger, zu dem mich meine Mutter als kleines Mädchen immer zum Einkaufen schickte, weil sie kein Geld mehr hatte und sich selbst nicht mehr getraut hat. Meistens musste ich am Samstag gehen, wo die Leute in langen Schlangen anstanden und eigentlich keine Zeit für lange Diskussionen war.
„Ich krieg eine Lyoner und ein Pfund Suppenfleisch."
Der gutmütige Metzger (Metzger waren alle damals gutmütig und dick, zumindest in meinem Leben) schnippelte erst einmal von der Hirnwurst (die niemals ein Hirn hatte) eine Scheibe für mich herunter und reichte sie mir über die Ladentheke.
„Hast auch a Geld dabei?", lächelte er mich freundlich an, nachdem er vorher aus der quietschenden Ladenkasse einen Zettel heraus nahm mit einer

langen Liste, wo unser Name darauf stand. Die Leute, die hinter mir standen, waren selbst alle arm oder fast arm.
„So am kleinen Deandl gibt man doch kein Geld mit, was glaubn denn Sie“, wurde der Metzger von einer resoluten Mitfünfzigerin mit einem Kopftuch und einer großen Einkaufstasche belehrt. „Des müssen‘s scho‘ auf den Zettel naufschreiben.“
„So a blöde Frag‘, als wenn des Kind a Geld dabei hätt! Je dicker, desto depperder.“ Ein dünner älterer Mann trat unruhig von einem Fuß auf den anderen. „Jetzt geben‘s dem Kind doch endlich des Fleisch und die Wurscht, damit‘s wieder heim kummt und mir da weiter kommen, bevor mir uns noch a Stund‘ de ’Füss in Bauch nei steh’n müssen.“
Der gemaßregelte Metzger schnitt, jetzt noch ein bisschen röter im Gesicht, als Metzger ohnehin schon waren, ein Pfund Rindfleisch ab, wog es auf der dreieckigen Waage mit dem großen Zeiger ab, von den hinten stehenden Leuten aufmerksam verfolgt, ob er nicht auch noch zusätzlich ein kleines Gewicht auf die Waage stellte, und wickelte es in braunes Papier ein. Dann wog er auch die Wurst ab, wieder von misstrauischen Augen beobachtet, und reichte mir beide Päckchen über den Ladentisch, den ich gerade noch auf Zehenspitzen erreichen konnte.
„Sagst da Mama an schönen Gruß, gell und ich hätt’s aufg‘schrieben“, sagte er nicht einmal heuchlerisch und ich lief, von Wogen der Sympathie und Verständnis getragen, glücklich mit meinem Paket nach Hause.

Zu Weihnachten baute mir der Franz eine Wiege für meine Puppe, die zwar schief vor sich hinschaukelte, aber trotzdem mein ganzer Stolz war. Sie stand zusammen mit den anderen kleinen Geschenken für alle Kinder unter dem Christbaum in unserer Wohnküche und der größte Schreck in diesem meinem neuen Leben war, als die schöne, schiefe Wiege plötzlich durch herunterfallende Sternwerfer Feuer fing und mein neuer Bruder, der auch Franz hieß, in ein hysterisches Lachen ausbrach, weil ich Zeter und Mordio schrie. Dieses Lachen hat unser geschwisterliches Leben dann etwas beeinträchtigt. Alles, was der Stiefvater Franz in seiner Eigenschaft als Schreiner zusammen sägte, leimte, hobelte und baute wurde schief. Es war, als wenn sein hoffnungsfroher und liebevoller Blick auf die Dinge des Lebens immer verrutschen würde und sich während der Arbeit die Maße verschieben sollten. So schief wie die Wiege wurden die Schränke, deren Türen nicht aufgingen, die Tische und Stühle, die nicht stehen konnten ohne zu wackeln, Schubladen, die immer klemmten, so wurde auch sein Leben. Die vielen Bierfilze, die der Franz aus seiner Stammkneipe mit nach Hause brachte, konnten das Wackeln in seiner Umgebung auch nicht aufhalten. Bei Elektroarbeiten wie Glühbirnen auswechseln oder Schalter reparieren, die einem Hausmeister damals zuzumuten waren, sprühten manchmal so die Funken, dass alle, einschließlich der Metzgerkunden samt ihren Bankdirektoren, schreiend aus der Schalterhalle liefen und nur noch der Franz mit seinem Schraubenzieher oder einem hoffnungsfrohen Stromprüfer allein am Kabel hing und weiter bastelte.

Als die Wirtschaftslage steil nach oben ging und allmählich Banküberfälle in Mode kamen, wurden die Hausmeister auch mit Waffen ausgestattet, um dem Treiben der Bankräuber Einhalt zu gebieten und die wachsenden Geld- und Goldvorräte, die man damals noch über Tage in jeder Bankfiliale lagerte und die nicht umgehend an zentralen Orten versteckt wurden wie heutzutage, zu beschützen. Auch der Franz bekam eine Waffe, die immer irgendwo hinter einer klemmenden Schranktür lag, die selten aufging, wenn er sie zu Übungszwecken brauchte. Eines Tages schoss er sich bei so einer Übung versehentlich in den eigenen Fuß und wurde umgehend von der Pflicht befreit, fremde Bankräuber in die Flucht zu schlagen.
Die Werkstatt vom Franz mit einer großen Hobelbank und einem Wandregal mit vielen verschiedenen Werkzeugen, war direkt im Heizungskeller neben dem riesigen Ofen, der über eine große schwere Eisentür mit Koks beheizt wurde und seine Wärme über eine Vielzahl von Rohren im gesamten Keller nach oben in das Gebäude verteilte. Direkt daneben war ein riesiger Koksberg, der über eine Luke und eine Rutsche von außen vom Kohlenhändler aufgefüllt wurde, wenn er zu Ende ging. Das war immer die Aktion Staubwolke für die gesamte Umgebung, wenn die Kohle aus den Säcken auf die Rutsche geleert wurde und die einzelnen Koksstücke rumpelnd und rauchend in der Tiefe versanken. Für uns Kinder war diese Werkstatt ohnehin wie der Führerstand auf einer Lokomotive. Auf der einen Seite der

große Ofen schoss die Hitze, wenn die Tür aufgemacht wurde und ganze Schaufelladungen voll Koks flogen in ein riesiges Flammenmaul. Gegenüber stand die Werkbank mit den verschiedenen Hobeln und Hämmern, dem Leim, den Nägeln, Schrauben und dem vielen, wohlriechenden Holz. Wenn der Franz seine Bretter hobelte und die Späne nur so davonflogen oder er in seinen Ofen mit seiner Schaufel in langen, ausladenden Bewegungen den Koks schmiss, war er für uns der mächtigste Mann des Universums.
Dieser Heizungskeller grenzte unmittelbar an unsere Wohnung und war nur durch eine kleine Tür und ein paar Stufen davon getrennt. Eine schwarze Hand auf der Klinke war immer als erstes zu sehen, wenn der Franz von seiner Arbeit in der Heizung und Werkstatt zurückkam. Dann folgten seine schwarzen Koksfüße in den Hauslatschen und ein schwarzes Gesicht mit unzähligen Koksflecken. Manchmal hatte er vorher mit seinem Holzleim hantiert, der ihm dann auch noch an verschiedenen Körperteilen anhaftete, zusammen mit vielen kleinen Holzspänen von seinem Hobel.

Meine neuen Geschwister waren alle älter als ich. Da waren der Franz, namensgleich mit seinem Vater, und seine zwei Schwestern, Dorle und Emma. Ich durfte in dem Doppelbett der beiden Schwestern schlafen und nahm ihre frei erfundenen Geschichten von Männern und Liebschaften, Tanten, Ungeheuern und Zauberern mit in meinen Schlaf. Die beiden umsorgten mich als Nesthäkchen und förderten so meine wütende Egozentrik, die ich mir vermutlich, gentechnisch gesehen, väterlicherseits eingehandelt hatte. Jedenfalls war ich nicht die nette, kleine Schwester, die zu allen lieb und freundlich ist und das erkannte auch Franz, der Bruder, sehr schnell. Für ihn war ich so eine Art kleiner, aufdringlicher Kumpel, der ihn überall hin verfolgte und mit ständigen Fragereien und ununterbrochenem Geschrei seinen Nerv tötete. Dieses Schreien hatte ich mir schon als Kleinkind angewöhnt, als ich merkte, dass ich dadurch schneller zum Ziel kam. Sobald ich eine Gegenwehr in Form einer Absage „Nein, du gehst jetzt nicht mit!“ auf den Lippen ablas, zog sich mein Mund erst in die Breite und dann in die Höhe, holte tief Luft und schrie aus Leibeskräften Worte wie: „Doch, doch, doch!“ oder „Nein, nein, nein!“, sodass der Franz keine Chance mehr hatte, zu mir durchzudringen und entnervt aufgab.

München lag in Schutt und Asche und Franz kletterte mit seinen Freunden und mir im ungebetenen Schlepptau in den Ruinen herum, suchte nach verwertbarem wie Nägel, Eisen und Holz und verkaufte es an einen Lumpensammler, der in einem kleinen Kiosk das erste Nachkriegsgeschäft auf die Beine stellte. Vor allen Dingen wurde Eisen gesammelt, das überall aus den Ruinen herausragte. Es war nicht ungefährlich, eine Eisenstange oder ein ganzes Eisenteil aus einem Trümmerhaufen herauszuziehen. Aber die Aussicht, sich für den Erlös ein oder auch mehrere Eiskugeln beim Eisstand kaufen zu können, war einfach zu verlockend. Manchmal kam es auch zu Unfällen. Blindgänger lagen in den Trümmerteilen herum und man konnte von Glück reden, wenn man nicht gerade in der Nähe war, wenn wieder so eine Bombe hochging. Die Ruinen waren auch unser Spiel- und Turnzimmer. Wir kletterten auf ihnen herum wie junge Affen, die ihren Wald erkunden. Manchmal übten wir auch Weit- und Hochspringen und sprangen auf hervorstehende Nägel oder scharfe Granitkanten. Blutige Zehen, Knie und Ellenbogen gehörten fast schon zum Standard. Wenn wir so gezeichnet nach Hause kamen, musste Franz, der Sohn, fast jedes Mal von seinem Vater - falls er zu Hause war und nicht die Gastwirtschaft heimsuchte - eine Watschen einstecken, weil er mich, die Kleine, hat mitspringen und halb verbluten lassen. Das trug nicht zum besseren Verständnis von Franz und mir bei und ich musste immer mehr Tricks anwenden, damit er mich auf seinen Erkundungsläufen nicht abhängte.
Die älteste Schwester, Dorle, liebte ihre neue Mutter, das Reserl, abgöttisch und war nicht mehr von ihrer Seite zu kriegen. Sie war gerade in der Ausbildung als Hauswirtschaftslehrling und kam durch Umstände, die ich nie erfahren durfte, immer wieder einmal für ein paar Wochen in das Fürsorgeheim „Zu den guten Hirten" in der Preysingstraße. Einmal durfte ich sie dort besuchen und da hat sie sehr geweint, die Dorle, und ist meiner Mutter um den Hals gefallen. Sie hat ihr versprochen, so etwas nie mehr wieder zu tun. Lange hat sie dieses Versprechen allerdings nie halten können. Aber was es war, weiß ich bis heute nicht.
Die zweite Schwester, die Emma, war gerade in der letzten Klasse Volksschule und hat sich überlegt, was sie nach der Schule am besten lernen könnte. Es gab so gut wie keine Lehrstellen und Emma war auch nicht die Hellste.

Meine Tante, die Anni, die dann doch nach ein paar Wochen diese Ehe akzeptieren musste, hat sie dann später in ein Blumengeschäft am Goetheplatz als Blumenbinder-Lehrling vermittelt. Diese Lehre hat sie auch voll durchgezogen, nur Blumenbinderin wollte sie dann doch nicht sein und ist später zu ihrer leiblichen Mutter gegangen.

Nach einem Jahr in der Kellerwohnung hatte die Bank das Dachgeschoss neu ausgebaut und für ihren Hausmeister im vierten Stock eine große Wohnung eingerichtet. Jetzt hatten wir neben einer großen Wohnküche und einem Elternschlafzimmer noch zwei Kinderzimmer und ein eigenes Bad mit Wanne. So kamen wir aus dem Unterdeck heraus und Franz, der Vater, konnte seinen Heizungsdreck in einer richtigen Badewanne entsorgen. Im Zuge der Bauarbeiten wurde auch die Heizung auf Fernwärme umgestellt, sodass sich seine Koksschaufelei im Keller erübrigte. Das Leben wurde leichter und ein wenig komfortabler.
Meine Mutter kochte sehr gut und jetzt war auch für das tägliche Leben genug Geld da. Ebenso für ihren heiß geliebten Bohnenkaffee konnte sie jetzt die grünen Bohnen kaufen und selbst rösten. Allerdings war manchmal die Küche etwas verräuchert, wenn sie vergaß, die Bohnen in der Pfanne hin und her zu rütteln, damit sie nicht anbrannten. Aber der Geruch der Kaffeebohnen im ganzen Haus war so köstlich und exotisch, dass die Bankangestellten sich etwas wehmütig ihren Zichorien-Kaffeeersatz aufbrühten und die Spucke, die sich um ihre Geschmacksnerven herumschlich, mit aller Macht zurückschluckten.
Für uns Kinder gab es sogar hin und wieder die ein oder andere Tafel Schokolade und an den Geburtstagen richtige Geschenke, wie zum Beispiel einen Tuschkasten mit vielen Farben, den ich mir immer wieder gewünscht hatte und endlich bekam. Die vielen Bücher, die ich alle unbedingt lesen musste, gab es noch nebenher, sodass ich nicht mehr so oft in die kleine Leihbücherei gehen musste, die ein paar Straßen weiter in ein schmales, hohes, reparaturbedürftiges altes Haus eingezogen war. Der Laden war wirklich sehr klein und an den hohen Wänden standen Bücherregale bis zur Decke. Wenn man ein Buch ausleihen wollte, das ganz oben stand, holte die ältere Dame, der vermutlich die Leihbücherei gehörte, eine hölzerne Leiter zu sich, die weiter

oben an einer durchgehenden Schiene an der Bücherwand eingehakt war, damit sie nicht umfallen konnte und kletterte mühsam nach oben, während die altersschwache Leiter bei jeder Stufe vor sich hin quietschte.
Die Bücher hatten alle schöne bunte Einbände und standen wie Soldaten in Reih und Glied an ihrem Platz, nach Titeln oder Autoren sortiert. Für das Ausleihen wurden sie in einen formgerechten Umschlag aus braunem Packpapier, der immer extra zugeschnitten wurde, eingebunden und an den Buchdeckeln mit einer Klammer festgemacht. Das war ein faszinierender Vorgang, dieses Einbinden, und ich hatte mir vorgenommen, einmal Bibliothekarin zu werden, um diese wundervollen Bücher, wie die klassischen und griechischen Sagen des Altertums, Winnetou in allen drei Bänden und alle Romane von Karl May, selbst einzubinden und dann in dem Bewusstsein dieses kostbaren Besitzes verleihen zu können.
Meine Mutter war auch ständiger Gast der Leihbücherei, aber ihr Interesse galt vor allen Dingen allen Gebirgs- und Heimatromanen von Ludwig Anzengruber und Ludwig Ganghofer. Von diesen beiden Schriftstellern las sie alles, was sie erwischen konnte und legte ihre ganzen Träume in sie hinein, genauso wie in den Kinoschinken „Sissi" mit Romy Schneider oder das Gebirgsdrama „Die Geierwally" mit der blutjungen Barbara Rütting. Zu „Ben Hur" hat sie mich mitgenommen und ich durfte auf ihren Schoß sitzen, was aber weder für sie noch für mich besonders bequem war.

So hätte das Leben auch bleiben können, damals, als meine Mutter die Kaffeebohnen röstete. Aber die Zeit blieb nicht stehen. Das ungeborene Kind vom Franz kann das Reserl nicht zur Welt bringen, weil man bei ihr einen Krebs findet, der den Unterleib befallen hat. Und wie damals üblich, nimmt man bei einer Totaloperation alles von den Organen heraus, auch die hormonell wichtigen Eierstöcke. Dann meldet sich die Mitgift, die das Reserl mit in die Ehe gebracht hat gleich einem Krebsgeschwür in der Seele. Die nicht bewältigte Scheidung von ihrem Mann Karl, der in Russland vermisst war, steht plötzlich nach der Rückkehr der ersten Kriegsgefangenen aus Russland zwischen ihr und dem Franz. Wann der Franz das herausgefunden hat und auch spürte, dass er das nicht überwinden kann, darüber schweigt die Geschichte des Lebens. Aber die Erkenntnis, dass er damit nicht umgehen

kann, war sicher für den einfachen Schreiner eine Hypothek, die er nicht mehr schultern konnte.
Tagelang wurden damals im Radio die Namen der deutschen Soldaten verlesen, die endlich nach Hause kommen und im Lager Friedland, an der Grenze zur Deutschen Demokratischen Republik, aufgenommen wurden. Tagelang saß das Reserl vor dem Radio, um jeden einzelnen Namen zu hören. Nur den Namen Karl Bauer, den hörte sie nicht. Nicht beim ersten und nicht beim letzten Transport, am 16. Januar 1956.
Franz, der schiefe Zimmermann, wurde immer in sich gekehrter und kam aus der Gaststätte fast nicht mehr nach Hause. Und wenn er doch kam, dann nur mehr mit vernebeltem und alkoholisiertem Geist, ohne den Wunsch, noch ein kindliches Liedchen zu hören. Und meine Mutter wurde zu einem Schatten ihrer selbst. Aus einer einfachen, aber mütterlichen freundlichen Frau wurde im Alter von 46 Jahren erst eine krebskranke Verzweifelte und dann ein tablettensüchtiger, psychisch schwer angeschlagener Mensch ohne jede Hoffnung, der nur mehr den Wunsch hatte zu sterben, was ihr dann auch nach mehreren Versuchen gelungen ist.

Verhältnisse

So also lebe ich nun bei der Anni und ihrem Verhältnis, dem roten Paul, mitten in der Stadt und fast direkt am Viktualienmarkt in 1 ½ Zimmern. Die Nachbarin, eigentlich Wohnungsmitbewohnerin, geht regelmäßig trotz ihrer mittlerweile 80 Jahre skifahren, hat eine fast 60-jährige ledige Tochter, die trotz skifahrender und weißnähender Mutter eine sehr bekannte Fotografin geworden ist und lebt allein in zwei Zimmern und einer Wohnküche mit abgeschlossener Badeabteilung, deren Badewanne mit alten Zeitungen und Nähgarn vollgestopft war. Die einzige Toilette in der ganzen Wohnung dürfen wir auch benutzen, aber Badezimmer haben wir keines, obwohl wir jetzt drei Personen sind. Auf der Toilette mit Seilzug ist auch unser einziger Wasseranschluss und ein kleiner Brunnen, von dem wir eimerweise die 1 ½ Zimmer mit dem notwendigen Nass versorgen. Warmes Wasser gibt es nicht, es sei denn, dass man es auf dem Gasherd in der Wohnküche (großes Zimmer) erhitzt oder im Winter auf dem Ölofen warm hält. Zum Waschen gibt es eine Aluminiumwaschschüssel, deren emaillierter Belag schon ziemlich und immer im Waschwasser neben den Seifenflocken mitschwimmt.

Die Anni hat sich mit der alten Dame, unserer Nachbarin, gut gestellt, sicher auch unter dem Aspekt, dass es einem bösen Nachbarn nicht gefallen würde, was die Anni so treibt. Denn nicht nur der Paul stört gelegentlich die Nachtruhe der Nachbarin, sondern auch die trink- und rauchfreudigen Kartenspielabende der Anni mit den Freunden vom Viktualienmarkt.
Da ist die Greta, die im Gärtnerplatztheater an der Garderobe arbeitet und immer erst kommt, wenn die Kartenrunde schon beim 3. oder 4. Bier ist. Vor 23.00 Uhr kommt sie nie aus dem Theater und wenn wie heute Abend die Fledermaus gespielt wird, kann es auch später werden. Schnell zieht sie ihren Mantel aus und setzt sich auf den einzigen freien Platz neben der Fritzi und dem Paul.
Die Greta ist gedanklich noch ganz bei der „Fledermaus“.
„Habt ihr eigentlich gewusst, dass der Valentin auch den ‚Frosch‘ in der Fledermaus gespielt hat. Das war 1940“, sagt sie zur Anni, die ihr gegenüber sitzt, „Da muss er ja schon weit über 50 gewesen sein.“

„Älter. Wie er g'storben ist, war er 65 und das war glaub' ich 1948, am Rosenmontag. Das hab' ich mir deswegen gut g`merkt, weil ausgerechnet der grantige Valentin an einem Rosenmontag g'storben ist."
„Wieso grantig. Der war doch nicht grantig." Sie spielen Rommé und der Paul ist der einzige, der seine Karten noch nicht herauslegen kann.
„Und wie der grantig war. Der Fritz oben, der Herrenschneider von der Klenzestraße, der hat ihn gekannt. Die haben sich öfter getroffen am Markt beim Weißwurschtessen. Da hat er immer recht dumm daher g'redt, der Valentin und geizig war er auch, sag'n d'Leit. Der hat nie zahlt, des war'n immer die andern."
„D'Leut sag'n viel, wenn der Tag lang ist", sagt der Paul und hat jetzt endlich mit drei Buben und zwei Zehnern die vierzig Punkte erreicht, die er zum Herauslegen braucht.
„Bist jetzt a schon da, mit deine paar Augen? Dann kann ich ja zumachen", damit legt die Fritzi eine Herzkombination mit acht, neun, zehn und Bube auf den Tisch und dreht die letzte Karte um.
„So ein Schmarrn. Jetzt macht die Schluss." Die Anni hat noch ein paar Karten in der Hand, so wie der Paul. Sie zählen die verlorenen Punkte und die Fritzi schreibt sie auf. Sie machen eine kleine Pause und die Gretl holt ein paar Mark aus der Tasche, die sie auf den Tisch legt. „Um wie viel spielt ihr?"
„Fünf Mark pro Spiel, von jedem." Der Paul mischt schon wieder die Karten, indem er zwei Haufen gegeneinander legt und sie ineinander laufen lässt wie ein Profi.
„Ganz schön teuer. Wer gibt?"
„Immer der, der fragt!"
Die Greta gibt die Karten bis jeder dreizehn hat. Dann legt sie den restlichen Stoß verdeckt auf den Tisch.
„Aber der Valentin hat doch ganz schön viel Geld verdient am Schluss mit seine vielen Stückl und auch Filmaufnahmen. Wer kommt'n raus?"
Nachdem keiner was sagt, legt sie selbst raus.
„Kennt ihr das mit dem Autohändler? Wie der Valentin sich Autos angeschaut hat und der Händler ihm einen Sportwagen gezeigt hat?" Alle schütteln den Kopf.

„Wie der Händler dann gesagt hat, dass dieses Auto so schnell ist, dass man, wenn man um acht Uhr früh in München wegfährt, um halb neun in Grünwald ist und der Valentin dann gesagt hat: Was mach‘ ich in der Früh um halb neun in Grünwald?“
„Spielen wir jetzt Karten, oder erzähl’n wir jetzt G’schichten“, sagt der Paul und haut mit der flachen Hand genervt auf den Tisch: „So ein Scheiß-Blatt scho wieder!“

Nachdem ich jetzt offiziell und mit Einwilligung des Jugendamtes eingezogen bin, hat die Anni in einem kleinen Möbelhaus ein komplettes Schlafzimmer mit Herren- und Spiegelkommode, Doppelbett mit zwei Nachtkästchen und einem großen Kleiderschrank gekauft, das nun das halbe Zimmer von den 1 ½ Zimmern so ausfüllt, dass man die Schranktür schließen muss, wenn man ins Bett gehen will. Auf der Spiegelkommode liegt eine Haarbürste mit marmoriertem Griff und ein ebensolches Kästchen. Vielleicht ist das Kästchen für die Ratenzahlungen gedacht, die für das Schlafzimmer monatlich abgestottert werden müssen. Ganze fünfhundert Mark hatte es gekostet und das ist mehr, als man heutzutage so einfach auf den Tisch legen kann und auch will.
Das mit der Liquidität hat mir die Tante Anni erzählt, wie wir das Schlafzimmer gekauft haben, ist immer schon so eine Sache gewesen für die einfachen Leute und fing damit an, dass eines Tages nach dem Krieg im Jahre 1948 die Währungsreform über das inflationäre Deutschland hereinbrach.
„Stell dir vor, da ist jeden Tag das Geld weniger wert gewesen. Die Leut‘ hab‘n angefangen, statt mit Geld mit Zigaretten zu bezahlen. Da hat dann ein Schnaps bloß noch 2 Zigaretten gekostet. Und die Währungsreform hat dann alles abgewertet und das Geld von den Leuten im Kopfkissen war nix mehr wert. Im Juni 48 hab’n wir alle die neue Mark gekriegt und 40 Mark Kopfgeld. Jeder. Und der Schnaps hat bloß noch eine Mark gekostet. Da hab’n die Fanni und ich und die andern auch, das Kopfgeld fast ..., weil der Schnaps jetzt plötzlich so billig war.“
Die anderen Leute, denen das mit dem billigen Schnaps nicht so aufgefallen ist, haben mit ihren 40 Mark Kopfgeld den Grundstock für einen „Hausstock“ angespart. Ein Hausstock ist ein Mehrfamilienhaus, das man vermie-

ten kann und einem im Alter das Auskommen sichert. So einen Hausstock haben auch die Anni und die Fanni immer im Hirn gehabt, wenn wir an der Buttermelcher- und Baaderstraße ums Eck‘ gebogen sind.
„Den Hausstock hätten wir auch haben können“, haben sie später immer gesagt und wehmütig die vielen Stockwerke bis hinauf in’s Dachjuche geschaut. „Aber mit so einem Hausstock hat man auch viel Ärger.“ Dann sind sie wieder daran vorbeigegangen und haben sich wie der Karl Valentin gedacht, dass sie mit so einem Hausstock sowieso nichts hätten anfangen können, auch nicht in der Früh um halb neun in Grünwald.
Seitdem die Anni das Schlafzimmer gekauft hat, liege ich mit ihr im Doppelbett desselben und das Verhältnis, der Paul, muss im großen Zimmer auf der ausziehbaren Couch schlafen. Meine Tante schnarcht ein bisschen. Ich schlafe auf dem Kopf, erzählt sie mir fast jeden Tag und wie das sein kann, dass ein Mensch so schläft, wo doch auf dem Kopf so wenig Platz zum Liegen ist. Außerdem würde ich nachts immer mit den Armen rudern und ihr jedes Mal eine draufhauen, wenn ich mich umdrehe und wie ein Kind-Mensch so unruhig schlafen kann. Gelegentlich falle ich auch aus dem Bett und das merke ich dann selbst, wenn ich von dem Lärm aufwache.

Der Onkel Paul, das Verhältnis von der Anni, ist durch meinen Einzug Onkel geworden. Es fällt ihm nicht leicht, mit diesem familiären Ereignis umzugehen, aber er tut offensichtlich sein Möglichstes, das hauptsächlich daraus bestand, mit mir Kreuzworträtsel zu lösen und hin und wieder mit mir zum Grab meiner Mutter zu gehen, damit ich einige wenige Minuten mit ihr allein sein kann. Da stehe ich dann und weiß nicht, was ich ihr sagen soll. Einmal meine ich, ich habe nachts ihre Stimme gehört, wie sie mich ruft. Davon bin ich aufgewacht, aber es war alles nur still und wie ich wieder weiterzuschlafen wollte, habe ich sie nur tot gesehen mit dem offenen Mund und hatte nur mehr Angst.
Der Onkel Paul hat selbst keine eigenen Kinder, nur eine ebenfalls kinderlose Schwester, die mit einem Filmrequisiteur liiert ist. Manchmal besuchen wir sie zu Dritt, die Schwester und ihren Lebensgefährten, in einem kleinen Haus in Grünwald. Sie besitzen einen riesigen Papagei, der mich zum Objekt seiner Begierde ausersehen hat und auf seiner Stange schon angriffslustig

hin und her trippelt, wenn er mich sieht. Kaum sitze ich, fixiert mich der Vogel und steuert mich im Steil-Sink-Flug an, um dann mit einem Flickflack oder ähnliches gerade noch an mir vorbei zu schwirren und mir seine Federn ins Gesicht zu schlagen. So wie mich der Vogel ansteuert, fixiert mich auch der Paul, als wollte er herausfinden, ob ich vor dem Vogel Angst habe und was ich tun werde, wenn ich Angst habe.

Der Onkel Paul hat schweres Lungenasthma. Weil sein Zigarettenkonsum nicht unerheblich ist, sind seine Hustenanfälle gar nicht weg zu denken. Wenn er morgens aufsteht, braucht er erst einmal mehrere Anfälle, um überhaupt Luft zu bekommen und dann zündet er sich sofort die erste Zigarette an, wenn seine Bronchien wieder etwas atmen können. Dieses ständige fast Ersticken und um Luft kämpfen ist ein Teil seines Daseins geworden.

Außerdem ist mein Onkel Paul Handelsvertreter bei einer Fotoagentur, die sich darauf spezialisiert hat, Fotos von Kriegsgefallenen zu vergrößern und zu verschönern, damit die Witwen ihre toten Ehemänner und die Mütter ihre Söhne in einem Rahmen nah bei sich aufstellen können und die feschen Uniformen den Tod für's Vaterland ein wenig erträglicher machen. Das Geschäft floriert, denn die vielen toten Soldaten müssen alle ihren Platz finden. All das natürlich gegen ein entsprechendes Honorar. Daneben werden dann auch gleich Hochzeitsfotos, Erstklässler mit Schultüten und Babys auf Eisbärenfell mit auf den Bestellblock geschrieben, den mein Onkel Paul immer diskret auf den Tisch des Hauses legt.

„Sie sollten auch unbedingt dieses wundervolle Bild von sich und dem teuren Verstorbenen neu rahmen lassen. Sie sind wirklich eine bemerkenswert schöne Frau."

Eine leichte Röte wird bei der schönen Frau sichtbar. „Meinen Sie?"

„Ich könnte mir direkt vorstellen, dass wir dieses Bild in unsere Ausstellung mit hineinnehmen, gnädige Frau." Dabei schaut der Paul der gnädigen Frau tief in die Augen und streicht sich mit der rechten Hand über sein stolzes Kinn, wobei seine Bartstoppeln ein bisschen schaben, was dem ganzen Mann einen kraftvollen Ausdruck verleiht.

„Meinen Sie wirklich ... mich in die Ausstellung. Aber ich bin doch gar nicht so ..., ich meine, hübsch war ich ja immer, schon als junges Mädchen, aber heute …", sie lächelt leicht verschämt und zupft ihr gepunktetes Kleid zu-

recht. Es folgt wieder ein tiefer Blick aus den graublauen Seen, die Unendlichkeit und Sternenhimmel versprechen. „Gerade heute, mit diesem jungen Aussehen. Ich möchte Sie gar nicht fragen, wie jung Sie sind. Aber ich muss schon sagen, als Fachmann habe ich selten so ein zauberhaftes Lächeln auf einem Foto gesehen. Wie beneidenswert doch Ihr verstorbener Mann gewesen sein muss."
Dieses und noch viel mehr Charme versprüht mein Onkel Paul, wenn er seine Kundenbesuche absolviert. Außerdem ist er in der ganzen Umgebung des Viktualienmarktes als Don Juan bekannt, allerdings in einer anderen Ausdrucksweise, und die Anni weiß schon, was sie an ihm nicht hat. Tatsächlich ist er auch noch ein sehr ansehnlicher Mann in den besten Jahren, mit blondweißen, gewellten Haaren, die er nach hinten kämmt und die in kleinen krausen Löckchen wieder nach vorne springen.
Mit all' diesen Attributen und seinen Verführungskünsten findet er seine Opfer, die ihn manchmal nicht vergessen wollen und nach ihm suchen.
„Ach, entschuldigen Sie bitte, kennen Sie vielleicht die Schwester mit dem großen Blumengeschäft hier in der Nähe von dem netten Herrn Paul mit der Fotoagentur in der Waltherstraße? Wissen Sie, er war kürzlich bei mir und hat von meinem gefallenen Sohn ein paar wunderschöne Aufnahmen mitgenommen, die er vergrößern wollte. Aber jetzt habe ich schon länger nichts mehr von ihm gehört. Er hat mir erzählt, dass seine ältere Schwester ein großes Blumengeschäft am Marienplatz besitzt. Wissen Sie vielleicht, wo das ist?" Die Anni mustert die nette, gut gekleidete, dezent geschminkte Dame, die vor ihr und vor ihrem Blumenstand steht, von oben bis unten, während ich mit großen Ohren ein wenig vortrete, um ja nichts zu verpassen.
„Was für ein netter Herr Paul?", die Augen meiner Tante werden ganz klein, „Und was für eine Schwester?"
Die Dame zögert etwas: „Na, die, ich meine die ältere Schwester von dem Herrn Paul. Mit dem großen Blumengeschäft. Das muss gleich hier um die Ecke sein, aber ich kann es nicht finden."
„Ach! Ein großes Blumengeschäft! Hier um die Ecke. Sehen Sie es nicht! Direkt vor Ihnen?" Die Anni nimmt eine große, griffige Gartenschere in die Hand und beginnt damit seelenruhig, den in den Nelken brummenden Wespen den Hintern abzuzwicken.

Die Dame wird ein wenig nervös. „Wie meinen Sie das mit, vor Ihnen. Das Blumengeschäft soll hier sein?“, sie dreht suchend den Kopf. Vom Rathaus zum alten Rathaus, weiter in das Tal Richtung Viktualienmarkt, Holzwaren-Leute, Heilig-Geist-Kirche, Alter Peter und wieder zurück.
„Ich kann es wirklich nicht sehen!“, sie lächelt etwas schüchtern und schüttelt ob ihrer eigenen vermeintlichen Begriffsstutzigkeit den Kopf, „Sind Sie doch so freundlich und zeigen Sie es mir.“
Doch die Anni zwickt ungerührt weiterhin den Wespen die edelsten Körperteile ab und murmelt: „Schwester also? Und Fotoagentur. Und du, wer bist du?“ Dabei streicht sie sich mit der immer noch geöffneten Gartenschere und einigen Wespenhintern in den Scheren über ihre Schürze und begutachtet erneut das Outfit der Dame.
Die Dame tritt einen Schritt näher an den Blumenstand und neigt sich leicht nach vorne, um das Gemurmel der Anni zu verstehen.
„Was haben Sie bitte gerade gesagt? Ich habe es nicht verstanden.“
„Wer bist‘n du?“
„Wie bitte?“
„Wie du heißt?“
Die Dame tritt ein paar Schritte zurück. „Ich verstehe …, ich verstehe nicht!“
„Nein, verstehen Sie mich nicht?“ Sie sieht jetzt der Unglücklichen direkt in das Gesicht und lässt die bedrohliche Schere mit den Wespenhintern in der Schürzentasche verschwinden. „Nach meinem Paul frag’st ja, nach meinem Paul! Dem mit der Schwester und dem großen Blumengeschäft, ja? Schau‘ das du in dein Altersheim kommst, du alte Rutsch’n und such‘ dir dort einen Mann, wenn einer so ein Gesicht wie ein hundertjähriger Lederapfel schön findet. Und jetzt schleichst dich! Aber gleich, bevor ich richtig grantig werde. Und den Herrn Paul kannst gleich mitnehmen. Den hole ich dir hernach. Dann ist er aber vielleicht nicht mehr so schön, der Herr Paul, gell!“, damit dreht die Anni der Dame den Rücken zu, holt wieder ihre Schere aus der Schürzentasche und widmet sich wieder den Nelken und ihren unglücklichen Bewohnern. Die Dame ist instinktiv erst vor der Schere und dann vor der Tante zurückgewichen und schüttelt ungläubig den Kopf. Was sie da gehört hat, ist jenseits ihres Vokabulars und bayerischer Verständigungsmöglichkeit. Kurz überlegt sie noch, ob sie vielleicht doch auf den Herrn Paul warten

soll, der ihr angekündigt wurde, kommt aber dann zu der Einsicht, dass das Ganze doch etwas unwahrscheinlich ist. Als sie sich gerade umdrehen und gehen will, ruft ihr die Anni noch lautstark nach, dass sie sich als Geschäftsfrau so ein „Gschwörl“ auch noch bieten lassen muss. Aber das versteht die Dame dann gar nicht mehr und sucht - mittlerweile aufgeregt - das Weite.
Wenige Minuten später, die Anni ist noch voll auf „Gschwörl“ und malt sich wutschnaubend das sicherlich für den Paul angesagte demnächst stattfindende Gespräch aus, kommt eine weitere gut angezogene, dafür aber kurzsichtige weibliche Person an den Blumenstand, die in der Fachsprache auch d'Frau genannt wird. Sie zeigt auf die große Standvase mit den ungefähr 100 Nelken, die am Boden vor dem Korb ihre ganze Pracht in allen Farben zeigen.
„Was derf's denn sei, gnä Frau“, flötet meine Tante ganz ruhig. Nur ihre Finger zucken in der Schürzentasche, in der sich immer noch die Wespenschere befindet.
„Die Nelken da. Hier in der Vase“, sie deutet dabei auf das Preisschild „Stück 50 Pfennig“ und kommt etwas näher heran. Die Augen hinter den Brillengläsern sind winzig klein und die Gläser entsprechend dick.
„Kosten die wirklich nur 50 Pfennig?“, fragt sie die Anni, wobei sie immer noch die Blumen von oben herab mustert, als wären sie nicht ganz echt. „Die ganzen Nelken nur 50 Pfennig?“, fragt sie noch einmal und beugt sich noch weiter hinunter.
Die Anni, die gerade bei einem kurzen Blick in die Kasse festgestellt hat, dass das Geschäft heute auch nur mäßig unterwegs ist, schaut auf und nickt: „Genau. 50 Pfennig, die ganzen 100 Nelken und die Vase ist auch noch dabei.“ Dabei schaut sie die Kundin mit einem reizenden Lächeln und großen, weitsichtigen, ebenfalls hinter dicken Brillengläsern funkelnde Augen an.
„Was Sie nicht sagen. die sind ja billig. Aber die Vase brauche ich eigentlich nicht. Oder …?“ Ihre kurzsichtigen Augen mustern unsicher geworden das reizende Lächeln der Anni.
Die dreht sich kurz zur Seite, um nicht direkt der Frau ins Gesicht zu lachen. „Aber gnä Frau, schaun‘s doch her, was da steht. Das Stück kostet 50 Pfennig, doch nicht der ganze Strauß. Das sind mindestens 100 Stück.“, und nach einer kurzen Pause: „Wie viele dürfen es denn jetzt sein?“ Der so

sehr kurzsichtigen Dame treibt es die Schamröte in das Gesicht und sie beginnt zu stottern: „Dann nehme ich vielleicht fünf Stück von den ... den roten eventuell ... oder auch vielleicht zehn davon. Die Rosen … nein, die Nelken sind ja wirklich schön, … besonders schön.“ Sie ist heilfroh, als die Anni ihr den eingewickelten Nelkenstrauß in die mitgebrachte große Einkaufstasche legt und zahlt so schnell, als würde ihr der geöffnete Geldbeutel die Hände verbrennen.
„Auf Wiedersehen, gnä Frau! Kommen's bald wieder, gell!“, verabschiedet sie die Anni noch freundlich, aber die Dame hastet schon davon, als wäre der Teufel hinter ihr her.
Am Abend treffen sich meine Tanten regelmäßig mit ein paar anderen Kollegen oder ihren Verhältnissen in der „Kronfleischküche am Markt“. Meistens darf ich mitgehen, obwohl ich fast keinen Tag meine Schularbeiten gemacht habe, sondern viel lieber Romane lese und sie ganz hinten im Küchenbuffet, das im großen Wohn-Schlaf-Zimmer vom Paul steht, verstecke. Aber das weiß die Anni nicht und fragt auch gar nicht nach irgendwelchen Hausaufgaben. Ich gehe in die 1. Klasse der Städtischen Riemerschmid-Handelsschule, obwohl ich eigentlich noch zu jung bin mit jetzt 13 Jahren. Aber ich habe die Aufnahmeprüfung bestanden, die ich ausnahmsweise machen durfte. Dass sie mich genommen haben, hat sicher mit dem Selbstmord meiner Mutter zu tun und dass die Anni dem Schuldirektor etwas vorgejammert hat. Außerdem hat die Schule den Vorteil, dass man kein Schulgeld zahlen muss und nach drei Jahren die mittlere Reife erreichen kann, falls man nicht vorher durchfällt.
Momentan sehen mich meine Lehrer eher am Ende der Fahnenstange, was meine schulischen Leistungen angeht. Nachdem ich überhaupt nicht lerne und in allen Fächern, sogar in meinem Lieblingsfach Deutsch, kurz vor 4 stehe, sind die Aussichten, was meine Weiterbildung angeht, sehr begrenzt. In den Fremdsprachen versage ich total, nachdem ich mich nicht zu reden traue und natürlich keine Vokabeln lerne. Ich habe auch keine Freundin in der Schule. Die meisten kommen aus intakten Familien und können sich gar nicht vorstellen, ohne Eltern überhaupt auf der Welt zu sein. Ich will auch nicht erzählen, was mit meiner Mutter passiert ist und lüge sie alle an. Ich möchte auch nicht mehr danach gefragt werden.

Ob ich die nächste Klasse überhaupt erreiche, steht sehr in den Sternen. Ich weiß, dass auch mein Klassenlehrer, ein junger Mann, der gerade erst geheiratet hat, mich lieber heute als morgen zurück zur Volksschule schicken würde, weil meine Noten bei ihm in kaufmännischem Rechnen und der Buchführung unter aller Kanone sind. Aber ich mache mir deshalb keine großen Sorgen mehr. Wichtig ist, dass ich bei der Tante Anni und dem Viktualienmarkt bleiben kann. Nachdem die schlechten Noten auch dazu führen, dass ich immer öfter Zettel mit nach Hause bringe, die meine Tante als Erziehungsberechtigte unterschreiben muss, gehe ich dazu über, ihre Unterschrift nachzumachen und die Zettel in Zukunft selbst zu unterschreiben. So kann die Anni morgens in Ruhe ausschlafen und ich muss nicht jedes Mal vor der Schule schlotternd mit meinem Zettel zur Unterschrift bei ihr antanzen. Ein schlechtes Gewissen habe ich aber schon, vor allen Dingen, dass es irgendwann einmal auffällt oder ich sitzenbleibe und die Tante dann von dem Zettelhaufen erfährt, den ich selbst unterschrieben habe.

Auch heute darf ich wieder mitgehen in die „Kronfleischküche" und wir sitzen wie üblich am Stammtisch der Blumen- und Obsthändler, der gut besetzt ist. Die Anni erzählt gerade ausführlich der Fanni und den anderen ihre Erlebnisse am Blumenstand und vor allen Dingen die Geschichte mit der Verehrerin vom Herrn Paul. Als er zur Tür hereinkommt, wird es still.
„Ein schöner Mann ist dein Paul schon, gell Anni", sagt die Fanni mit todernstem Gesicht und bedient sich ausnahmsweise einmal nicht des sonst üblichen sehr bayerischen Marktdialekts, „So ein fescher Kerl. Man möcht' nicht glauben, dass er immer noch bei dir ist, wo du doch gar kein so großes Blumengeschäft hast, oder Paul?" Damit hebt die Fanni kurz ihren Kopf und schiebt ihre Oberlippe über die, um sich das Lachen zu verbeißen.
Der Herr Paul setzt sich hin, direkt gegenüber von der Anni, nachdem die anderen bereitwillig Platz machen. Er merkt sofort, dass irgendetwas über ihn die Runde gemacht hat. „Von was redet ihr überhaupt?"
Die Anni verschränkt die verarbeiteten Hände mit den knotigen Gelenken knackend ineinander und strahlt ihn an: „Weil die Fanni mir neidig ist, merkst du das nicht? Weil sie nicht so einen schönen Mann hat wie ich, bloß ihren rotg'sichtigen Gustl."

Der Herr Paul schaut unsicher zwischen der Anni und der Fanni hin und her, die gerade den rotg'sichtigen Gustl mit säuerlicher Miene verdaut.
„Und weil sie nicht so eine reiche ältere Schwägerin hat wie ich, mit so einem großen Blumengeschäft am Marienplatz, gell Fanni." Das Schriftdeutsch kommt ihr geschliffen bissig über die Zunge. Die Fanni nickt zustimmend und bestellt beim Wirt eine Lage Schnaps, nachdem sich die Eröffnung der Partie vielsagend anhört.
Der Paul zündet sich hastig eine Zigarette an und nimmt einen Schluck Bier aus dem Glas, das die Wirtin gerade sanft vor ihn hinstellt.
„Wieso?"
„Wieso, wieso … weil so a z'sammazupfte Büchslmadam sich nach deiner älteren Schwester mit dem großen Blumengeschäft am Markt und dem netten Herrn Paul erkundigt hat. Fällt dir da nichts ein?", weiter im gurrenden Ton der rundlichen und gut gefütterten Marienplatz-Tauben. „So eine nette Frau, war das. Und dass der Herr Paul gar nicht mehr kommt. Und wo bloß das Blumengeschäft sein kann. Und sagen sie doch dem netten Herrn Paul einen ganz lieben Gruß von mir und er soll sich doch wieder bei mir sehen lassen", lügt sie ihm immer noch leicht gurrend direkt ins Gesicht, dass er seinerseits und daselbst schnell in seinem Bierglas verschwinden lässt.
„Wie alt ist sie denn, de Büchslmadam? Doch mindestens 70, oder? Zahlt's dir wenigstens was? Oder machst das umsonst?", giftet sie weiter und da weiß der Paul schon, dass er verloren hat und gar nicht abzuwarten braucht, bis sich die Stimme der Anni allmählich in ein keifendes Schreien verwandelt. Alle schauen ihn gespannt an und fast jeder hat ein wissendes, neugieriges, aber auch neidiges Lächeln im Gesicht. Auch der rotg'sichtige Gustl, der dem Schönheitsideal der Anni nicht so nahe zu kommen scheint und das mit einer stoischen Ruhe hinnimmt, wartet auf eine Reaktion und meint nach einer Weile: „Der Kerl hat überhaupt koan Stolz!"
Da steht der Herr Paul abrupt auf in seiner ganzen Länge, trinkt das Bier in großen, wasserfallähnlichen Schlucken ganz aus und knallt das Glas auf den Tisch, dass die Zigarettenkippen in den übervollen Aschenbechern hin- und herfliegen wie aufgeregte Brieftauben.
„Weißt du was du mi konnst, du ...", er presst die Lippen so fest aufeinander, dass ihm die Adern am Hals anschwellen. „Du saudumm's Weib", presst er

noch mit letzter Kraft aus sich heraus und dreht sich um, nicht ohne seine rechte Hand zu erheben und heftig nach unten zu schleudern.
„Da brauchst gar net umananda fuchteln mit deine gichtigen Finger. Ich weiß schon, was des hoaßt. Und ausziehn` kannst auch gleich mit deine Persilschachteln aus meiner Wohnung“, schreit ihm die Anni hinterher, aufgeregt wieder ins Bayerische verfallend. „Zu dera …, zu dera alten Schachtel, zu dera gnä Frau.“ Und während der Paul die Tür aufreißt und sie krachend hinter sich zuschlägt, ist es eine kleine Sekunde in der großen Gaststube wie in einem stillen Herrgottswinkel.
„Der zieht doch net aus“, sagt die Fanni ganz ruhig. „Wenn du ihn vorn rausschmeißt, kommt er hinten wieder rein. So einfach ist das!“
Natürlich ist der Paul dieses Mal nicht ausgezogen und seine Persilschachteln standen nicht auf der Treppe, als er in sehr desolatem Zustand und sehr spät nach Hause kommt. Die Anni und ich hören ihn noch eine Weile im Küchenwohnzimmer herum fallen, bis er endlich die Kanten der Schlafcouch findet und sich irgendwie zusammen- und hinlegt. „Wenn er reinkommt, bring’ ich ihn um“, murmelt die Tante noch im beginnenden Halbschlaf, während ich neben ihr im Doppelbett anfange, mein Zittern unter Kontrolle zu bringen.

Ein paar Wochen später findet der Paul nach einem heftigen Streit trotzdem seine „Persilschachtel“ auf der Treppe. Die Höllenfahrt ihrer Beziehung ist in Bewegung geraten und nimmt Fahrt auf. Der Grund ist immer der Gleiche: andere Frauen und Alkohol. Als es nach einer wortreichen Auseinandersetzung fast in eine Schlägerei ausartet und er wieder einmal Tür und Tor hinter sich wirft und beim Wirt versumpft, nimmt die Anni einen alten verschrammten Koffer vom Schrank und packt seine Sachen ein. Wenig genug ist es, aber sehr viel mehr hat er nicht mitgebracht, damals, als er bei ihr eingezogen ist, meint sie. Und mehr hat die Anni ihm auch nicht eingepackt. „Das bleibt alles da“, schimpft sie vor sich hin. Die schönen Anzüge und Hemden, die sie ihm im Laufe der Jahre gekauft hat, die gepflegten Lederschuhe in Schwarz und Braun, die er jeden Tag mit Hingabe putzt. Auch seine duftenden Toilettenartikel werden mit Ausnahme der Zahnbürste in die Herrenkommode versenkt. Dann stellt sie den Koffer ins Treppenhaus und verriegelt die Zimmertür von innen.

Als der Paul mitten in der Nacht und schwer angetrunken nach Hause kommt und sein Koffer vor der Wohnungstüre ist, klingelt er erst einmal Sturm, weil er das Schlüsselloch nicht findet. Als er dann vor der verriegelten Zimmertür steht, wird wütend geklopft, bis die Nachbarin im selber genähten Bademantel, der auch schon ein paar Jahre auf dem Buckel hat, vor ihm steht und ihn zusammenputzt:
„Sind sie von allen guten Geistern verlassen? Mitten in der Nacht so einen Zirkus. Und besoffen sind Sie auch noch, Sie …“, dabei streckt sie ihm furienhaft ihre alte, verknöcherte Faust entgegen.
„Schau dass du in deiner Burg verschwi... verschwindest, du alter Drachen. Ich wo... wohne hier und wenn die mi… mich nicht sofort rein…las…sen, schla…ge ich die Tür ein.“
Da verschwindet die alte Dame ganz still in ihre kleine Küche, die sie auch von innen verriegelt, damit der grobschlächtige Freund der Marktfrau nicht auch noch ihre Wohnung stürmt. Ein Auge lässt sie vorsichtshalber am Schlüsselloch, falls es später etwas zu berichten gibt.
Der Paul wird immer wütender und sein Geschrei weckt fast die ganze Baaderstraße, die aber Kummer gewöhnt ist, nachdem regelmäßige Wirtshausstreitereien nächtens an der Tagesordnung sind. Ein paar Fenster werden auf und auch gleich wieder zugemacht. Irgendjemand droht mit der Polizei, aber nichts geschieht. Meine Tante und ich liegen in den teuren Schlafzimmer-Doppelbetten und meine Tante murmelt wieder etwas von „Den bring‘ ich jetzt gleich um, wenn der nicht aufhört. Dass dem mit sei‘ m Asthma nicht die Luft ausgeht.“ Sekunden später hört der Paul auch auf, weil er mit einem wuchtigen Schlag mit Schuhgröße 45 die Türfüllung eingetreten hat, die auch brav nachgibt. Dann ist es ganz still. Irgendwie knarzt nur noch die Doppelbett-Couch und die Nachtruhe ist wieder eingekehrt.
Am nächsten Morgen, es ist ein Samstag, ist keine Schule und ich kann länger schlafen. Als ich aufwache, höre ich handwerkliche Geräusche im Wohnzimmer und auch gleich wieder lautes Schimpfen von der Anni, die eigentlich schon längst an ihrem Blumenstand sein müsste. Dann wird es wieder still und ich stehe auf. Im Wohnzimmer ist die große Tür, die fast bis zur Decke geht, ausgehängt und stattdessen klafft ein riesiges Loch. Die ausgeschlagene Türfüllung liegt noch am Boden und meine Tante lehnt mit

ihren Ellenbogen, von einem Kissen weich getragen, auf dem Fensterbrett und schaut interessiert nach unten. Ich schaue auch nach unten und sehe den Paul mit der eingeschlagenen Tür ohne Füllung auf dem gebeutelten Rücken langsam Richtung Markt gehen. Die Tür muss sauschwer sein und er schleppt sie ganz langsam wie Christus sein Kreuz Meter für Meter weiter. Alle paar Sekunden bleibt er stehen und holt tief Luft, die ihm dann auch gleich wieder viel zu schwer wird.
„Iss schwer de Tür?“, die Anni hängt fast ganz aus dem Fenster und schlägt sich immer wieder mit einer Hand an die eigene Stirn.
„Ob de Tür schwer iss, möcht’ ich wissen, du verblödeter Gehirnamputierter.“ Und ich denke mir, dass ich das jetzt dem Paul, der so schlecht Luft kriegt, so nicht sagen würde, auch wenn er heute Nacht die Türfüllung eingetreten hat. Aber der Paul geht weiter seinen ganz persönlichen Kreuzweg zum Schreiner und denkt sich mehr als einmal, dass er beim nächsten Mal ganz bestimmt auszieht, was er letztendlich nur bei seinem Sterben getan hat.

Die Anni hat eine Verkäuferin an ihrem Blumenstand, weil sie selbst nicht so gern aufsteht in der Frühe. Jeden Tag um 8.00 Uhr muss die Luise mit dem „Flottweg“ den großen Korb samt Blumen und Schirm vom Lager in der Westenriederstraße zum Marienplatz fahren, den Stand aufstellen und die Ware dekorativ auf Vasen und Körbchen verteilen. Im Laufe des Vormittags kommt dann erst die Tante, nachdem sie ihre Runde am Viktualienmarkt gedreht hat, um zu sehen, was die Konkurrenz so in den Vasen stehen hat und was sie an Blumen einkaufen muss. Wenn sie das weiß und die alten Blumen vom Vortag frisches Wasser haben und entsprechend hergerichtet sind, kauft sie erst frische Ware bei ihrem Grossisten in der Blumenstraße.
Wenn aber der Herr Paul wieder einmal bei seiner Fotoagentur einen Vorschuss von ein paar Hundert Mark für eine Reise abholt, um ins bayerische Umland zu fahren und Aufträge hereinzuholen, muss die Anni selbst ihren Stand aufmachen, denn die Luise begleitet dann den Paul auf Anweisung ihrer Chefin zum Bahnhof, damit er auch wirklich in den Zug einsteigt und nicht, wie schon unzählige Male passiert, am Zug vorbei und auf direktem Weg in einer seiner Stammkneipen zusammen mit seinen Spezel‘n den Vorschuss vertrinkt. Einmal hat die Luise übersehen, dass der Paul auf der an-

deren Seite wieder aus dem Zug ausgestiegen ist und hat daraufhin mit ihrer heiß geliebten Chefin ernste Probleme bekommen. Das hat sie ihm sehr übel genommen und seitdem bleibt sie solange vor dem Zug stehen, bis er auch wirklich abgefahren ist. Da nützt es dem Paul nicht viel, wenn er wütend vom Abteilfenster aus ihr bedeutet, dass sie doch endlich gehen soll. Wie ein Wachsoldat steht die Luise vor dem Wagon, bis sich der Zug in Bewegung setzt.
Die Luise ist eine kleine Frau in mittleren Jahren mit einer altmodischen Frisur. Die dunklen Haare hat sie wie ein Gretchen um den Kopf gewickelt und mit einem seltsamen Knoten im Nacken zusammengebunden. Sie humpelt sehr stark und manchmal ist sie so schief, dass ich Angst habe, dass sie einfach umfällt, weil das eine Bein schon ziemlich kurz ist. Wenn ein starker Wind aufkommt und der große Standschirm hin- und her schwankt, hält sie sich manchmal an ihm fest und ich denke mir, dass sie jetzt gleich mit ihm zusammen davonfliegt.
Das mit dem Fuß waren die Nazis, erzählt sie. Sie war in der Nähe von Berlin in einem Konzentrationslager und dort ist das auch mit dem kurzen Bein passiert, sagt sie. Aber wie das passiert ist, sagt sie nicht so genau. Einmal hat sich der Paul am Blumenstand vor die Luise hingestellt und den Hitler nachgemacht. Den rechten Arm hat er nach oben gestreckt und den linken Zeigefinger auf die Oberlippe gelegt, als hätte er einen Schnurrbart. Dann hat er mit völlig veränderter, schnarrender Stimme geschrien: „Als ich im Jahre 33 die Macht übernahm, übernahm ich ein Volk, der Ohnmacht nahe.“ Da ist die Luise so erschrocken, dass sie fast umgefallen wäre und sich im letzten Moment gerade noch am Korb festgehalten hat. Ein paar Passanten haben sich auch umgedreht nach dem Paul, als sehen sie ein Gespenst.

Meine Tante hat die Luise eines Tages von der Fanni geerbt, an deren Stand sie Obst verkauft hat. Aber so recht sind die Fanni und die Luise nicht warm geworden. Am schlimmsten ist der Dialekt von der Luise, hat sich die Fanni immer bei der Anni beschwert.
„Weißt du, wie die redet?“, hat sie sich beklagt, „Die redet wie ein Preiss und frech ist sie auch noch zur Frau. Die meisten versteh'n sowieso nicht, was sie sagt. Ein Mundwerk, wie ein Schwert. Ich versau‘ mir die ganze Kundschaft

mit ihr! Kannst du sie net brauchen? Sie macht ja sonst alles und bei de Blumen san die Leut vielleicht net so empfindlich."
Da hat dann die Anni die Luise für den Marienplatz übernommen und ist seitdem für die Luise die „Mutsch". Und sie liebt sie auch fast so, wie ihren bayerischen Freund, den Wiggerl, bei dem sie auch wohnt in der Ickstattstraße. Der Wiggerl ist fast genau so klein wie sie und hat solche Froschaugen, dass sie fast rausfallen könnten. Wenn er in seiner uralten, abgewetzten, verschwitzten ledernen Knickerbocker, Hosenträgern, Lodenjacke, Haferlschuhe, Wadelstrümpfe und einem echten Gamsbart am Hut mit der Luise am Arm auf die „Wies'n" walzt, sind die beiden schon einen Blick wert. Von hinten schauen sie aus wie Zwillinge, vor allen Dingen auf dem Heimweg. Die Luise in ihrem Dirndl und ihrem kurzen Fuß schwankt immer auf eine Seite und der Wiggerl mit fünf Maß Bier intus hält dagegen und schwankt samt Gamsbart mit.
Wenn ihn die Luise dann maßregelt, weil er auf der Wies'n angeblich die eine oder andere Maß zu viel getrunken hat, sagt die Anni immer, dass sie nicht so frech sein soll, weil der Wiggerl sie sonst nicht heiratet und sie dann auf ewig eine Staatenlose bleiben wird. Die Luise hat nämlich keine Papiere. Keinen Pass, keinen Personalausweis, gar nichts. Sie hat eine Aufenthaltserlaubnis, die immer wieder verlängert werden muss. Sie sagt von sich selbst, dass man ihr als unerwünschte Jüdin die deutsche Staatsbürgerschaft oder damals Reichsbürgerschaft abgenommen hat. Dabei hat sie 1932, kurz vor der Machtübernahme, einen deutschen Lehrer aus Berlin geheiratet, den Jakob Viertel. Aber das hat ihr alles nichts genützt und dem Jakob auch nicht. Er ist 1940 eingezogen worden und sie wurde nach Ravensbrück verschleppt. Dort hat sie in einem Textilbetrieb der SS gearbeitet. Nachdem in diesem Lager auch für Frauen die Prügelstrafe eingeführt wurde, ist sie sicher dort auch geschlagen worden. Wahrscheinlich humpelt sie seitdem.
Als der Krieg vorbei war, ist sie über Baden-Württemberg nach Bayern gekommen. Vom Jakob hat sie nie mehr wieder etwas gehört und bei der Vermisstenstelle wissen sie bis heute nichts. Vor ein paar Jahren hat man in Überlingen am Bodensee einen Jakob Viertel ausfindig gemacht, der im Russlandfeldzug war und Ende 44 zurückgekommen ist. Der war aber nie mit einer Jüdin verheiratet und hat nie in Berlin gelebt. Ihre Staatsbürger-

schaft hat die Luise auch nach dem Krieg nicht mehr zurückbekommen. Da wäre natürlich eine Hochzeit mit dem Wiggerl, mit dem sie auch schon seit 7 Jahren zusammenlebt, ihr größter Wunsch. Aber der Wiggerl macht keine Anstalten und wenn er sie mit seinen eigentlich liebenswerten Froschaugen anschaut, hat man immer den Eindruck, dass die Luise ihre ersehnte deutsche Staatsbürgerschaft von ihm nicht erheiraten kann. Dass der Wiggerl eines Tages einfach gestorben ist und sie immer noch staatenlos zurückgelassen hat, das hat sie, glaube ich, ihm nicht verziehen.
Aufgrund ihrer Behinderung kann die Luise manchmal nicht schnell genug um den Blumenstand herumlaufen, wenn jemand an den Blumen herum zupft. Denn das kann sie auf den Tod nicht leiden. In ihrem harten Hochdeutsch herrscht sie jedes Mal die zupfenden Kunden an mit einem: „Lassen Sie das oder sehen Sie nicht, dass die Blumen echt sind!“ Oder auch: „Und tun Sie mir aber die Blumen nicht dauernd anfassen, gell, wenn Sie sie nicht kaufen. Die werden sofort welk und dann muss ich sie wegwerfen!“
Manchmal riechen die Leute auch nur an den Blumen, aber auch das kann die Luise nicht leiden. Und wenn jemand daran riecht und nichts riecht, wird sie auch pampig.
„Warum die Maiglöckchen nicht riechen? Aber die riechen doch, riechen Sie das nicht. Sie müssen halt richtig hin riechen“, dabei steckt sie ihre große Nase in die erschrockenen Maiglöckchen, die jetzt vor lauter Angst zu duften anfangen. „Außerdem können Sie die nur riechen, wenn Sie selbst nicht riechen. Ich meine, mit Parfum oder so was“, mault sie der Kundschaft hinterher, die immer noch nichts riecht. Aber sonst ist sie eine treue Seele, die Luise. Und für die Mutsch würde sie alles tun. Wie sie zu ihr gekommen ist nach der Fanni, hat ihr die Anni erst einmal den wenigen Schmuck, den sie versetzen musste, im Pfandhaus in der Dachauer Straße ausgelöst und ein besseres Zimmer besorgt. Dafür ist sie ihr immer noch dankbar und lässt nichts auf die Anni kommen. Den Wiggerl hat sie erst später kennengelernt und ist dann bei ihm eingezogen.

Hin und wieder geht der Paul auch tatsächlich auf Reisen und kommt mit einem ganzen Buch voller Aufträge und vieler neuer Bekanntschaften zurück. Bevor er aber zurückkommt und in die nächste Wirtschaft hineinfällt,

um sein ganzes Geld und das seiner Agentur zu verspielen und zu vertrinken, haben die Anni, die Luise und die Agentur eine spezielle Vereinbarung getroffen. Sobald der Paul seiner Agentur mitteilt, wie viele Aufträge er hat und dass er jetzt mit seinen Kundenbesuchen fertig ist und wieder nach Hause fährt, ruft die freundliche und vor allen Dingen mitfühlende Sekretärin die Anni an und zwar über die „Kronfleischküche", weil die Anni zu Hause kein Telefon hat und sowieso nur am Abend erreichbar wäre. Dann läuft die Wirtin schnell quer über den Markt und nach links zum Blumenstand von der Anni. Das Runterrennen bringt sie ganz außer Atem und so jung ist sie auch nicht mehr, auch wenn sie noch jeden Tag in der Küche steht und Riesenportionen für die Marktleute auf den Tisch bringt. „Luise ..., die Agentur hat angerufen. Der Paul …, der Paul … ist auf der Heimreise."
„Ach Gott, kommt der schon wieder heim. Der ist doch erst eine Woche weg. Da muss ich die Mutsch suchen. Wann kommt er denn?"
„Wahrscheinlich heut' Abend, um sieben, am Ostbahnhof, aber genau wissen die es nicht." Schon dreht sie sich wieder um.
„Und von wo kommt er. Mit welchem Zug? Sonst läuft er uns direkt vom Bahnsteig weg, wenn wir nicht direkt dort stehen. Du kennst doch den Paul." Die Wirtin ist schon wieder unterwegs Richtung Viktualienmarkt. „Das hat sie nicht g'sagt, die Agentur. Da müsst 's halt selber nochmal anrufen. I bin doch net euer Telefonfräulein, oder?", und schon ist sie um die Ecke und weg.
Dann muss ich losrennen und die Anni suchen, aber wer passt dann auf den Stand auf, denkt sich die Luise. Aber bevor sie der Gedanke ereilt, biegt die Anni um die Ecke mit einem großen Karton Veilchen in der Hand. Sie stellt ihn hinter sich vor das Schaufenster vom Holzwaren-Leute. Die Luise schielt in Richtung Karton. „Was hast du denn da noch eingekauft. Es ist doch schon sechs Uhr. Das können wir heute nicht mehr verkaufen, Mutsch. Außerdem kommt der Paul so um sieben am Ostbahnhof an. Den muss einer abholen."
Die Anni öffnet den Karton und holt ein paar der Veilchensträußchen heraus, legt sie in einen der kleinen Körbe und stellt ihn direkt auf die Frontseite, gut sichtbar für alle, die von der Straßenbahnhalte stelle herüberkommen. „Die war'n so billig. Kosten fast nichts. Und bevor sie kaputt gehen, hat's

mir der Karl mitgeben. Was ma verkauf'n können, wird verkauft. Die halten morgen a noch. Was is mit dem Paul?"
„Der kommt heute Abend zurück. Um sieben vielleicht."
„Dann musst 'n abhol'n. Fahrst glei mit 'm Taxi, des zahl ich dir dann. Und bring ihn glei heim, egal was er sagt."
„Aber welcher Zug denn, Mutsch? Ich weiß ja gar nicht, wo er herkommt."
Luise hüpft aufgeregt um den Blumenstand herum, zieht ihre Schürze aus, putzt sich die Nase und zieht den Mantel an. Dann wühlt sie in ihrer Handtasche und einem kleinen Geldbeutel.
„Kannst du mir das Taxigeld gleich mitgeben? Ich habe gar nicht mehr so viel bei mir, Mutsch."
Die Anni gibt ihr einen Zwanziger. „Und dass er auf jeden Fall mit dir mitgeht, gell. Lass'n bloß net allein, sonst haut er wieder ab wie's letzte Mal. Dann kenn man wieder such 'n überall."
„Und wenn er wieder so ein Theater macht wie das letzte Mal und mich so anschreit. Du weißt ja noch, was er zu mir gesagt hat: ‚Mein Gott, da steht ja schon wieder de Hupfad Kuh.' Das lasse ich mir dieses Mal nicht gefallen."
Die Anni winkt ab, setzt sich auf das kleine Gartenstühlchen, das hinter dem Stand steht und wirft einen kurzen Blick in die Kasse.
„Viel eing'nommen hast heut' nicht? Hast d'Leut wieder blöd ang'redt, gell?"
Da nimmt die Luise ihre Tasche, zieht beleidigt die Luft ein und geht zum Taxistand gleich um die Ecke. Tatsächlich kommt der Zug um kurz nach Sieben an und die Luise steht auch auf dem richtigen Bahnsteig. Es steigen nicht viele Leute aus. Die meisten fahren zum Arbeiten in die Stadt und immer erst am Wochenende zurück nach Hause. So sind es nur ein paar Reisende, die mit ein wenig Gepäck den Bahnsteig Richtung Ausgang verlassen. Fast zum Schluss steigt auch der Paul aus und die Luise sieht schon an seinem Gangwerk, dass er nicht ganz nüchtern ist. Sie winkt ihm zu und ruft: „Paaauuuul, Paaauuul, die Anni schickt mich. Das Taxi wartet schon."
Paul geht auf sie zu, in der rechten Hand seinen Koffer, die linke hat er in der Manteltasche seines schicken langen Ledermantels eingegraben. Die Augen sind ein bisschen rot unterlaufen und die Augenbrauen leicht nach oben gezogen.

Das ist sein Gesicht, wenn er angetickert ist, denkt sich die Luise. Hoffentlich macht er jetzt keinen Aufstand. Aber der Paul ist ungewohnt freundlich, stellt seinen Koffer vor sie hin und zündet sich eine Zigarette an.
„Woher wisst's ihr jetzt eigentlich immer, wann ich heimkomm? Is' die Anni am Stand? Dann könnt' ma ja direkt zum Stand fahr'n." Er nimmt seinen Koffer auf und zieht an der Zigarette, wie er es immer tut. Langes Einatmen und stoßweises Ausatmen. Zwischendurch muss er immer wieder husten, stellt seinen Koffer wieder ab und spuckt in ein Taschentuch.
„Paul, die Mutsch hat mir gesagt, ich soll direkt mit dir nach Hause fahren. Den Stand hat sie schon zugemacht. Sie wartet zu Hause auf dich, soll ich dir ausrichten."
Der Ton von der Luise ist ein wenig scharf, aber der Paul nimmt es nicht zur Kenntnis. Der Husten vom Paul wird jetzt immer stärker und mühsamer. Jetzt muss er auch die Zigarette fallenlassen und tritt sie mit seiner Schuhsohle aus. Auf dem Bahnsteig steht eine eiserne Bank, auf die er sich jetzt setzt und den Kopf in die Hände nimmt. Die Luise bewacht in der Zwischenzeit seinen Koffer und beobachtet ihn von der Seite.
„Hast keine Tabletten dabei, oder?" Auf ihrer Stirn steht jetzt eine Sorgenfalte, die mit jedem Hustenanfall tiefer wird.
„Soll ich ..., soll ich …vielleicht die Polizei oder einen Arzt ...?", aber der Paul winkt ab und hebt allmählich wieder den Kopf. Jetzt ist sein Gesicht dunkelrot und die Augen schwimmen im Tränenwasser, „Es geht schon wieder."
Er atmet stoßweise und mühsam, aber mit jedem Atemzug wird es besser und er bekommt wieder Luft. Der nächste Griff gilt der Zigarettenschachtel und ehe die Luise merkt, dass der Husten nachlässt, hat er schon wieder eine Zigarette in der Hand. Am Taxistand fängt der Paul wieder zu husten an, nachdem die Luise sich schon hinten rein gesetzt hat und der Taxifahrer meint, dass er wegen der Ansteckungsgefahr keinen Lungenkranken in sein Taxi lässt. Aber da drückt ihm die Luise von hinten einen Fünfer in die Hand und er lässt den Motor an, gerade wie sich der Paul mit seinen langen Füßen auf den Beifahrersitz quetscht.
„Ich bin nicht lungenkrank, du saudummer Mensch. Ich hab' Lungenasthma, einen Pneumothorax, wenn du weißt, was des heißt."

„Aber rauchen, oder? Dann würd‘ ich an deiner Stelle mit dem Rauchen aufhören oder nicht? Ich rauch‘ ja selber, aber mit so ei'm Husten, würd‘ ich halt aufhören.“
Aber der Paul hat die Tür des Taxlers gleich wieder aufgerissen, ist rausgesprungen und auf und davon in seinem Ledermantel. Die Luise schaut ihm fassungslos nach und bevor sie mit ihrem kurzen Fuß aus dem Taxi überhaupt herauskommt, ist der Paul schon über alle Berge.
Sie haben den Paul erst am nächsten Tag in der Früh im Marktstüberl gefunden. Sein Gepäck hatte er im Taxi liegen gelassen. Das hat Gott sei Dank noch die Luise entdeckt. Von dem Geld sind nur noch zweihundert Mark übrig geblieben, das ihm die Anni sofort abgenommen hat. Sein schöner Ledermantel ist am Kragen und an der rechten Schulter eingerissen und seine sonst sorgfältig geputzten Schuhe so verdreckt, als wäre er im Kuhstall im Schlachthofviertel gewesen. Wo er gewesen ist, weiß er nicht und was er mit dem ganzen Geld gemacht hat, hat er vergessen.
Die Agentur ist stinksauer. Das einzige Glück ist, dass die meisten Bildaufträge noch nicht anbezahlt waren, sondern auf Rechnung laufen. Sonst hätte der Paul die Anzahlungen auch gleich mit versenkt.
Die Luise ist an dem Tag und auch an den nächsten ihres Lebens nicht mehr froh geworden. Dass sie es nicht fertig gebracht hat, den Paul im Taxi zu halten und dass der Taxler überhaupt so aggressiv geworden ist, wirft die Anni der Luise an den Kopf, das sei nur ihre Schuld.
„Aber Mutsch, der Paul ist einfach ausgestiegen. Was hätte ich denn tun soll ‘n?“
Doch die Anni ist unerbittlich und so leidet die Luise die nächsten Tage still vor sich hin, bis der Wiggerl auf seinen kurzen Füßen bei der Anni vorbei kommt und ein gutes Wort für sie einlegt. Und weil die Anni den Wiggerl mag, lenkt sie ein.
Ein paar Tage später, als der Paul wieder einigermaßen nüchtern ist und sich auch mit seiner Agentur wieder ein Separatfrieden einstellt, wirft ihm die Anni alles an den Kopf, was ihr gerade so einfällt. Auslöser ist, dass sie in dem zerrissenen Ledermantel, den sie zur Reparatur gegeben hat, einen Zettel mit einer Telefonnummer gefunden hat, die nicht aus München ist und nur wieder von irgendeinem „Flitscherl“ sein kann. Sie droht damit, ihn jetzt

endgültig rauszuschmeißen und dass er sowieso ein Versager ist und dass sie überhaupt nicht mehr verstehen kann, dass sie ausgerechnet mit ihm ein Verhältnis angefangen hat.

„Bei mir san de Männer Schlange g'standen und wenn i Aug'n im Kopf g'habt hätt, dann warst du mir nie ins Haus kommen, Du lare Hos'n, du lare!"

Das ist dem Paul dann zu viel geworden und er hat den Stuhl, auf den er sich gerade setzen will, einfach Richtung Anni geworfen, die gerade noch ausweichen kann. Sie hat dann einen großen Wecker mit zwei Füßchen und einer Glocke erwischt, der auf dem Kasten der Schlafcouch vom Paul steht und ihn so dem Paul auf den Schädel gehauen, dass eines der Füßchen stecken geblieben ist. Das Sofakissen, das ich dem Paul auf den Kopf gedrückt habe, ist gleich rot geworden und die Anni hat einen Schrecken gekriegt und ihm schnell das Füßchen wieder herausgezogen. Dann ist der Paul mit seinem lädierten Kopf zum Doktor gegangen. Jetzt reden sie wieder nicht mehr miteinander.

Oktoberfest

Ob sich die Bavaria bei ihrer Geburt im Jahre 1850 hätte je träumen lassen, dass dieses Oktoberfest, das anlässlich der Hochzeit vom Kronprinz Ludwig und der Prinzessin Therese (daher der Name Theresienwiese) am 12. Oktober 1810 ursprünglich ein Pferderennen hat werden wollen, dass also dieses Oktoberfest sich in der Neuzeit als Bierpreisfalle herausstellt. Wenn die Bavaria heute wissen würde, dass die Bierpreise langsam an der Armutsgrenze für Biertrinker entlang schrammen, dann würde sie zumindest in ihrem bronzenen linken Arm mit dem Eichenkranz so einen Krampf kriegen, dass ihr derselbe aus der erhobenen Hand fällt. Vielleicht würde sie auch noch in ihrem tief bayerischen Zorn dem einen oder anderen Wirt oder Staatssäckel mit der jetzt freien Hand eine runter oder wenigstens den Eichenkranz um die Ohren hauen. Denn das Bier, das sagt schon die bayerische Verfassung, ist ein Grundnahrungsmittel und muss für das Volk erschwinglich bleiben. Der rechts neben ihr sitzende bayerische Löwe würde dann sicher auch nicht untätig bleiben und die raketenhaften Bierpreise den Gelehrten, Künstlern, Staatsmännern und - last but not least - dem stiftenden König Ludwig I. von Bayern in die daneben liegende Ruhmeshalle hinein schreien, dass es nur so staubt. Und ganz sicher würden dann auch ein paar Köpfe oder Büsten zu wackeln beginnen.

Wenn man als Einheimischer auf die Wies'n geht, wundert man sich als erstes, wie viele Menschen doch zu Hause wie viele Dirndl und Lederhosen hängen haben. Es ist wie eine Seuche. Nirgendwo trifft man eine solche Masse von Menschen, die in diesem Outfit glückselig stundenlang in einem der zahlreichen Bierzelte an ihrem Bierkrug hängen und Wiesenschlager mitgrölen, obwohl sie in ihrem richtigen Leben nie eine Musiknote von einem chinesischen Schriftzeichen unterscheiden konnten.

Wie ist es möglich, dass wildfremde Menschen allerlei Geschlechts und Nationen sich ununterbrochen und jedes Mal aufs Neue begeistert um den Hals fallen und die Bierkrüge mit hoch erhobenen Händen zusammenstoßen, dass der nicht vorhandene Schaum zur Freude der völlig erschöpften Bedienungen nur so über sie hinweg spritzt. Keiner weiß es! Und wenn dann die Musikkapelle zum hundertsten Mal „I mecht hoam nach Fürstenfeld“ spielt,

reißt es die Wies'nbesucher direkt vom Hocker hinauf auf die Bänke und Tische dem bayerischen Bierhimmel näher.
Wenn dann ein bierseliger Gastdirigent, der dieses Recht mit einer bescheidenen Gebühr von ein paar hundert Mark erworben hat, oben am Pult steht und mit dem Taktstock und dem Rücken zur Kapelle hin zum Publikum euphorisch in die Luft stochert, wobei der Gamsbart auf seinem vom Kapellmeister geliehenen bayerischen Hut taktlos vor sich hin wippt, dann erkennt man manchmal an den fernöstlichen Mandelaugen dieses Dirigenten die Globalisierung unserer Weltgemeinschaft.

Was wird nicht alles gegessen zu den unglaublichen Mengen von gut- oder weniger gut gefüllten Maßkrügen. Für den Fall, dass viel mehr Bier im Maßkrug fehlt, als sein dürfte, kann man sich sogar nachschenken lassen an der Schänke. Aber wer tut das schon bei einer endlosen Schleife von Bedienungen, die teilweise bis zu 14 Maß auf ihrem nicht unerheblichen Busen abstellen und bis in die letzte Bierzeltecke schleppen. Bis man als Reklamierer dann drankommt, ist auch das letzte Tröpfchen Bier im Maßkrug verdunstet und dass überhaupt kein Bier im Krug war, glaubt der gläubigste Schankkellner nicht. Und was das Essen angeht. Unmengen, um nicht zu sagen Millionen von arg gebeutelten und mit Petersilie aufgemotzten Hühnchen, die ununterbrochen gekocht, gebraten und gegrillt werden, finden ungern den Weg in die bierausgespülten Mägen. Und diese Hühnchen hätten ihr kurzes Leben gern auf einem friedlichen Hühnerhof verbracht, wo der morgendliche Hahnenschrei und das Eierlegen die einzige Aufregung ihres Daseins gewesen wäre. Und die Ochsen der Ochsenbraterei hatten sich auch ein anderes Leben erhofft, als spießig irgendwo rumzuhängen und sich ständig frisch eingefettet und angekokelt um die eigene Achse drehen zu müssen.

Meine Tanten haben sich dieses Oktoberfest mit ihren Blumen schon lange geschäftlich einverleibt. Die Fanni schließt während der 14-tägigen Wies'nzeit ihre Obstaktivitäten samt Turnus und bezieht bis spät in die Nacht zusammen mit der Anni den „Turm" auf der Wies'n. In dieser Zeit muss die Luise allein am Marienplatz Blumen verkaufen, wo sie sich sofort als Chefin aufführt und entsprechend laut in der Marktgemeinde agiert, die sie dann wieder als hergelaufene „Preissin" beschimpft.
Der „Turm" steht direkt in der Wirtsbudenstraße unterhalb der „Bavaria", wo die großen Bierzelte sich jedes Jahr immer mächtiger aufbauen, um den Bierpreis auch richtig vervielfachen zu können. Er gehört zum „Winzerer Fahndl". Auf seiner Spitze oder besser Plattform dreht sich ein riesiger Maßkrug, der von dem Löwen des gegenüberliegenden „Löwenbräu-Festzelt" regelrecht konkurrenzhalber mit einem laut gebrüllten „Löwenbräu" ausgestochen wird. Jedes Mal, wenn der Löwe seine Tatze mit dem Bierkrug Richtung Maul hebt, bleiben die Oktoberfest- Besucher fasziniert stehen und wundern sich, was der Löwe so alles an Bier in sich hineinschütten kann.
Während sich die Menschen in den Bierzelten durch die Menge schieben müssen und meistens keinen Platz finden, sitzen meine Tanten einträchtig nebeneinander in ihrem „Turm" und binden Unmengen von zarten lilafarbenen Veilchen zu kleinen Sträußen. Dann entdornen sie hunderte von langstieligen roten Rosen, die sie mit dem Taxi direkt vor den „Turm" in großen langen Kartons von ihrem Grossisten angeliefert bekommen. Das geht nicht

ohne Verletzungen ab und das hin und wieder gemurmelte „Leck mi doch am Osch!“ ist Bestandteil der frühabendlichen Unterhaltung.
Nach einer Stunde sitzen sie schon in einem Meer von Rosenblättern und Dornen. Die entblätterten Rosen, die nur noch mit der Blüte und den oberen Blättern bekleidet fast nackt dastehen, können sich aber trotzdem noch sehen lassen, während die mit einem messerähnlichen Rosenputzer bewaffneten, Zigarettenkippen qualmenden Tanten eher Horrorfiguren ähneln, die man in der letzten Jahrhundertkiste vergessen hat. Das merken dann - meist zu spät - auch bierselige Oktoberfest- Besuchern, die hinter der Turm-Tür die Toilette vermuten oder auch darauf bestehen, dass sie dort ist. Meist in dringender Not rütteln sie manchmal wie Ertrinkende an dem Turmtürchen, während die Tanten seelenruhig weiter ihre Blumen entblättern.
„Wenn‘st bieseln musst‘, dann gehst ins Zelt nei und net naus. Hier wird nicht einfach umeinanda gebieselt“, ruft die Fanni laut durch die Tür durch, der die Klopferei auf die Nerven geht. Meistens verschwinden die Klopfer dann wieder und suchen sich ein ruhiges Plätzchen.
Allerdings soll es früher vorgekommen sein, dass unter dem Druck der Ereignisse versehentlich die Tür aufging und männliche Notdürftige in der Erwartung eines Pissoirs und mit der Hand am Hosentürchen, mit allem was sie vorzuweisen hatten, plötzlich vor zwei dräuenden, in Rosenblättern sitzenden Frauen standen, dass ihnen vor Schreck die gerade einsetzen wollende Erleichterung glatt in der Luft stehen geblieben ist. Was diese armen Menschen dann zu hören bekamen, war die ganze Tonleiter bayerischer Kraftausdrücke vermischt mit handfesten Drohungen gegen das leibeigene Hab und Gut.
Meine beiden Tanten haben in weiser geschäftlicher Voraussicht im Laufe der Zeit fast alle Bierzelte auf dem Oktoberfest für ihren freihändigen Blumenverkauf mit meistens hübschen jungen Blumenverkäuferinnen unter Vertrag genommen und damit die Konkurrenz auf die billigen Plätze in den Caféhäusern oder auch dem Weinzelt verwiesen, wobei das Weinzelt auch noch eine Option gewesen wäre, nachdem es am längsten auf hat und die Nachzügler sich im letzten Moment noch daran erinnern, dass die ein oder andere Rose für die Ehefrau zu Hause nicht schaden könnte, so kurz vor dem Heimgehen. Vor geschlossenen Türen stehen die Tanten auch beim Hippo-

drom, das in früheren Zeiten als Besonderheit eine Pferdereitbahn mitten im Zelt hatte. Da saßen dann Männlein oder Weiblein mit unsäglichen Räuschen auf den armen Pferden, die nicht nur die durch das Zelt wabernden Bier- und Rauchwolken ertragen mussten, sondern möglicherweise auch noch wackelnde Reitkandidaten, deren Mägen dem schaukelnden Pferderücken nicht gewachsen waren und sich entsprechend auskotzten. Was so ein Pferd mit seinem großen Kopf dann über die menschliche Rasse dachte, wollen wir alle gar nicht wissen.

Die Blumenmädchen kommen meistens am späten Nachmittag, hübsch zurecht gemacht mit Rüschchen, langen, möglichst blonden Haaren und Dirndl-Outfit. Unter den sauberen Dirndlschürzen tragen sie eine große Geldtasche mit Wechselgeld, das von den Tanten, ordentlich abgezählt, unter den immerwährenden Ermahnungen mitgegeben wird, die Geldtasche immer fest in der Hand zu halten, sofort wieder unter der Schürze zu verstecken und niemals einen großen Geldschein zu wechseln. Denn in den übervollen Bierzelten gibt es ganze Nester von Betrügern, die nur darauf warten, dass ein armes Blumenmädchen und die Tanten das sauer verdiente Geld in Falschgeld einwechseln. Außerdem kann es im Gedränge immer wieder passieren, dass Jugendliche sich die Geldtasche greifen und blitzschnell in der Menge verschwinden.

Nach einer ersten Beruhigungszigarette und einem Schluck aus dem auch zur Beruhigung wartenden Maßkrug nehmen dann die Mädchen als erstes die Veilchenkörbchen in die Hand, um schnell durch die Turmtür zu schlüpfen und in das selige Bierdampf sprudelnde Wiesenzelt einzutauchen.

Das erste Ziel eines so mit guten Ratschlägen versorgten blonden Blumenmädchens sind immer die Brauereiboxen, also der reservierte Teil des Wiesenzeltes, der von großen Firmen, bekannten und unbekannten Stadt- und Staatsangestellten, Stadträten und Stadträtinnen, Medienvertretern, Künstlern, aber auch Sportlern aller Art und am liebsten Fußballern belegt ist. Da sitzen sie dann, die von wem auch immer Auserwählten und feiern unbehelligt von der Masse Mensch in den Gängen ihr Oktoberfest. Aber auch für sie gilt der Grundsatz: Die erste Maß Bier ist immer die Beste und die letzte muss schlecht gewesen sein, sodass sich das Treiben der

Normalsterblichen in der Mitte des Bierzeltes nur in Nuancen von dem der Boxenbewohner abhebt.

Wenn man als Blumenmädchen hier schon am Anfang erfolgreich ist und die betuchten Lederhosenmänner mit zarter Hand den Damen die ersten Veilchen in das einladende Dekolleté hineinlegen, dann kann schon der Inhalt eines ganzen Veilchenkörbchens dabei verkauft werden. Dann leuchten die Augen des Blumenmädchens und sie springt eilig mit dem leeren Korb zurück zu den Tanten in den „Turm", deren Herz auch sofort von den leuchtenden Augen entfacht und gerührt wird.
„So eine Tüchtige aber auch", meint dann die Fanni und tätschelt ihr den Oberarm, während sie ihr das Veilchenkörbchen neu befüllt, dabei leise mitzählt und auch gleich aufschreibt, während die Anni inmitten ihrer Rosenblätter einen strahlenden Blick in Richtung Körbchen aussendet.
„Weil sie auch gar so hübsch ist, gell Fanni, unser Rosenresli. So eine Hübsche. Da müssen ja d' Männer schwach werd'n und an Geldbeutel auf'n Tisch legen, wos sogst du, Fanni?" Aber die Fanni nickt bloß und schickt das Mädchen wieder auf die Straße. „Jetzt geh' wieder naus, wenn'st grad so einen Lauf hast, gell, das muss man ausnützen. Hast die Fritzi net g'sehn drin? De wird' wieder droben sitzen, auf der Empore und warten, dass ihr jemand was abkauft."
Die Blumenmädchen gehen immer zu zweit in ein Zelt und sie sind auch nicht immer hübsch und blond, besonders nicht die Fritzi. Sie ist auch nicht mehr so jung an Jahren und blond war sie sowieso noch nie. Eigentlich ist sie eher graubraun und die verschiedenen Rosenreslies kann sie sowieso nicht leiden.
„Da konn' de leicht an schönen Gang hab'n mit ihre achtzehn Jahr. Da wackelts a bissl mit ihrem kleinen Hintern an dene Tische vorbei, schiabt ihr'n Busen nach oben und scho' san d'Männer ganz blöd und kauf'n ihr alles ab. Rosenresli, wenn ich das schon hör'. A so a blöder Namen", murrt sie fast jeden Tag. Und wenn man die Fritzi so anschaut, kann man das auch verstehen. Die unsägliche Hakennase, die auch schon mal gebrochen war und einen richtigen Höcker mitten im Gesicht hat, verschandelt alles. Dazu kommt das fortgeschrittene Alter und die rauchige Stimme, die schon so heiser ist, dass

sie bei dem Lärm im Zelt manchmal gar nicht verstanden wird. Rundherum schaut die Fritzi aus wie ein riesiger Rabe, der auf einer Zaunlatte sitzt und jedem, der an ihm vorbeigeht, seinen Zorn über die Menschheit und sein Rabenleben heiser an den Kopf wirft.
Besonders schlimm wird die Fritzi, wenn sie nach einigen Stunden so gut wie nichts verkauft hat und die Wiesenbesucher immer besoffener werden.
„Vielleicht kaufst jetzt deiner Frau amoi a Bleame, du b'suffas Wagscheidl, du b'suffas. Hauptsach', dass sie deine Schrazen aufzog'n hot und jetzt hätt'st net amal a Bleame für sie übrig."
Der so Angesprochene mit dem großen Kopf und den Wiggerl ähnlichen Froschaugen wirft einen wütenden Blick in Richtung Fritzi, während die Firmenkollegen, die auch mit ihren blumenlosen Frauen dasitzen und keinen Pfennig in das ein oder andere Veilchen investieren, ihn angrinsen.
„Des ist vielleicht a greislicher Drachen, die Blumenfrau. Schau amoi hin Sepp, was die für a Nasen hat. Da muasst ihr schon was abkaufen, weil mit dera Nasen kann's ja nur noch in der Geisterbahn was verdienen. Jetzt kauf' ihr schon was ab!"
Aber der Sepp stiert wütend in sein Bierglas, während seine Angetraute sich mittlerweile so geniert, dass er ihr keine Blumen kauft, dass sie aufsteht.
„Lasst's mich raus! Da kanns einem ja gleich schlecht werden. Ihr seid's doch die allergrößten Deppen, die mir je vorgekommen sind. Ich scheiß' auf seine Veigerl." Und damit eilt sie wütend an der Fritzi vorbei, die seufzend ihren immer noch vollen Veilchenkorb unter den Arm nimmt und geht.
„De Nosad soll sich bloss schleicha, sunnst passiert noch was", hört die Fritzi noch den wütenden Hans ihr nachrufen, bevor sie den direkten Weg zur Empore nimmt, um dort in einer ruhigen Ecke aus einem kleinen mitgebrachten Schnapsfläschchen einen kräftigen Schluck zu nehmen.
Die Fritzi hat in ihrem Leben schon ganz etwas anderes gehört. In ihren unruhigen und ungeraden Lebenslinien finden sich so manche tiefe Rillen und Schrunden. Ein seltsamer Vogel ist sie sicher immer gewesen, aber die unruhigen Liebschaften hüben wie drüben geben ihrem Dasein eine kurvenreiche und dramatische Komponente. Wenn sie liebt, dann liebt sie einfach, unaufhaltsam und vor allen Dingen mit allen Konsequenzen. Und meistens sind es die Konsequenzen, mit denen sie und die anderen nicht so leicht fertig werden.

Schon lange Jahre ist sie mit einem Hans liiert, einem Spieler, der in einem kleinen Hotel mitten auf der Lindwurmstraße immer Hof hält und seine Zeit fast ausschließlich am Spieltisch verbringt. Ein Kartenspieler, der Fremde ausnimmt mit seinen Tricksereien. Er ist immer von „Kiebitzen“ umgeben, von Freunden, die mit kleinen Zeichen das Kartenblatt des Fremden signalisieren. Damit wird ganz gut verdient und am Ende aller Tage wird das Geld mit den „Kiebitzen“ geteilt. Auch die Fritzi ist so ein Kiebitz, wenn sie ihren Freund besucht. Die Fremden trauen ihr das nicht zu, sondern halten sie für eine der vielen Freundinnen, die immer herum schwirren. Aber durch die Fritzi hat der Hans auch schon größere Gewinne eingeschoben, weil sie das Spiel auch noch gut versteht und selbst mit einem Pokerface still dabei sitzt. Nur manchmal rutscht sie auf ihrem Stuhl hin und her und wirft schnell und professionell einen Blick in die Karten des anderen. Dann hat der Fremde wieder richtig Pech gehabt.
Der Hans ist ihre ganz große Liebe, meint sie, aber der Hans denkt etwas anderes. Nachdem die Fritzi neben dem Kartenspielen auch noch ganz gut beim Trinken mithalten kann, ist der ständige Krieg fast schon vorprogrammiert. Die Tanten wundert es nicht mehr, wenn die Fritzi an manchen Tagen mit einem blauen Auge oder einer noch schieferen Nase als sonst bei ihnen erscheint.
„Hat der Hans wieder „hing‘langt“, meint dann die Fanni regelmäßig, oder auch: „Und was fehlt ihm? Hast ihm wieder das Weinglas neig’haut? Warum lasst ihn nicht einfach in Ruh‘? Der könnt‘ mich schon längst am Osch lecken.“
Aber die Fritzi kann den Hans nicht in Ruhe lassen und manche Marktfrauen meinen, dass sie vielleicht eines Tages sich gegenseitig an die Gurg‘l gehen und nicht mehr loslassen, bis einer ins Gras beißt. Dann wär’s auch recht wahrscheinlich.
Neben dem Hans hat die Fritzi noch ein paar andere Liebschaften laufen, auch in der Damenwelt. Die Tanten wissen das und sind vielleicht auch noch mehr eingeweiht, als sie zugeben wollen. Jedenfalls schaut die Fritzi manchmal die Anni anders an als andere und die gekreuzten Blicke könnten durchaus auch gekreuzte Klingen sein. Vielleicht hat die Fritzi eines Tages auch ein paar mehr Konsequenzen ziehen müssen. Aber das erfährt man nicht so recht.

Jedenfalls tut sie sich auf der Wies'n recht schwer unter den blonden jungen Rosenreslie's. Darum haben die Tanten sie auch in diesem Jahr in der zweiten Wiesenwoche in das weniger attraktive, weil stinkende Zelt der „Fischervroni" versetzt. Isarwaller, Forellen mit und ohne Regenbogen, Renken, Weißfische, Brachsen oder auch Saiblinge und Makrelen werden hier traditionsgemäß mit Gewürzen und Knoblauch eingestrichen, der Länge nach vom Maul her auf etwa 60 cm lange Holzstäbe gespießt und über offenem Holzfeuer gebraten. Für die Fische ist das bestimmt nicht angenehm, darum stinken sie auch so und hüllen sich in Rauch ein, der in den Augen tränt. An manchen Tagen möchte man den Fischen manchmal zurufen, dass einem das leid tut mit dem „Steckerl", aber das nützt ihnen nicht viel und so stinken sie halt weiter.
Für die Fritzi ist die Stinkerei schon ein massiver Anschlag auf ihr Geruchsempfinden, was bei der Größe ihrer Nase verständlich ist. Man stelle sich ein Riechorgan mit ausladend viel Platz vor, das den ganzen Tag voller Freude wie ein ambitionierter Chefchemiker alle Gerüche dieser Welt analysiert, subtrahiert, addiert und dem Gehirn jeweils die Endsumme mitteilt. Da kommt es schon einem mittleren Erdbeben gleich, wenn das Gehirn mit Unmengen von fischigen, gegrillten und analysierten Geruchsergebnissen bombardiert wird, die in einem Ozean von Gewürzen und Knoblauch schwimmen. Die Fritzi ist in ihrem Leben nicht so recht am richtigen Platz und war es vermutlich noch nie. Neben der, wie auch immer, Freundschaft zu den beiden Tanten und ein wenig mehr noch zur Anni, ist ihre einzige große Leidenschaft neben dem Hans das Kartenspiel. Nächtelang „kartelt" sie zusammen mit den Tanten und manchmal liegen viele Geldscheine in der Mitte des Wohnzimmertisches und der Zigarettenkonsum verdichtet sich in unserer Wohnküche.
Mich schicken sie immer ins Bett, obwohl ich ganz leise und unsichtbar in irgendeiner Ecke sitze und beim Kartenspielen zuschaue und ihnen zuhöre. Am liebsten sind mir ihre Geschichten, die sie so nebenbei erzählen. Wie die Fanni von ihrem Sohn Bobby, der momentan wieder bei ihr wohnt, weil ihn seine Freundin hinausgeworfen hat. Der Bobby ist auch immer die ganze Nacht unterwegs und wenn er nach Hause kommt, legt er sich immer noch in die Badewanne, um Zeitung zu lesen. Dann schläft er ein und wenn sie ihn

dann weckt, tanzen ihr immer die vom Badewasser schmutzigen Nachrichten entgegen, wenn sie nicht schon vorher untergegangen sind. Dann lächelt sie in sich hinein, die Fanni und zieht wieder die Oberlippe nach oben. Wenn die Greta sich wieder für keine Karte entscheiden kann, die sie ausspielen soll und minutenlang überlegt, welche sie nimmt, dann meint die Anni, dass ihr sicher der Maler Tiefenbach extra eine malen würde und sie sich ruhig Zeit lassen soll.

Nur der Paul beteiligt sich seit dem Füßchen-Vorfall nicht mehr an den Gesprächen. Das kleine Loch in seinem Kopf ist fast zu, aber er trinkt jetzt besonders viel und fängt zu streiten an, wenn einer die falsche Karte ausgespielt. Neuerdings fixiert er mich so, wie bei dem Vogel seiner Schwester. Das macht mir Angst und ich gehe bei den Kartenrunden ungern allein ins Bett, weil sie mir immer den betrunkenen Paul dazu legen, weil seine Schlafcouch von den Kartenspielern besetzt ist. Manchmal kommt er mit seiner Hand zu mir rüber und ich weiche aus, so gut es geht oder stehe auf und warte, bis er endlich eingeschlafen ist. Manchmal kommt die Anni auch ins Zimmer und fragt, warum ich nicht ins Bett gehe. Ich traue mich aber nichts zu sagen.

Auf dem Oktoberfest gibt es auch den sogenannten Maurermontag. Das ist der Tag der Bauarbeiter, die von ihren Firmen auf ein paar Maß Bier und ein halbes Hendl eingeladen werden. Die Hendlmarken werden in der Regel auch in Biermarken umgetauscht, sodass das obligatorische Wies'n- Starkbier sich mengenmäßig schnell ausbreitet und alles vernebelt, was mit Verstand zu tun hat. Wer sich in diesen Niederungen auskennt, geht nie am Maurermontag auf die Wies'n. Da wird am meisten gestritten und vor allen Dingen gerauft. Maßkrüge fliegen von einem Tisch zum anderen und ununterbrochen pfeifen die Ordnungsleute, die sich in jedem Zelt an fast allen Aus- und Eingängen postieren und dazu da sind, die gute deutsche Ordnung zu halten. Wenn es irgendwo und meistens in der Zeltmitte kracht, stürzen sich alle Ordnungsleute in ihren grauen Uniformen samt Pfeiferl und Schirmmützen speerspitzenmäßig auf die Raufenden, um sie auseinander zu bringen und anschließend aus dem Zelt zu werfen. Manchmal hat man auch den Eindruck, dass die eigentlichen Raufbolde die Ordnungsleute sind, die unter dem Gejohle und Gegaffe der nicht raufenden Zeltbesucher alles zeigen, was an Kraft in ihnen steckt und rein showmäßig die eine oder andere Lederhose, die zufällig einen

Maßkrug in der Hand hat, beherzten Griffes an den Hosenträgern packt und am ausgestreckten Arm höchstpersönlich zum Zelt hinauskomplimentiert, obwohl es sich um eine sogenannte „laare Hos'n“ handelt.
Wenn so ein Maßkrug an einem vorbeisaust, ist es höchste Zeit, einen Schritt zurückzutreten und ihn vorbeizulassen. Es kommt immer wieder vor, dass völlig Unbeteiligte so einen vollen Maßkrug mit dem Kopf auffangen müssen, weil der eigentlich Beworfene rechtzeitig den seinigen einzieht. Und manchmal ist der Grund für so einen sausenden Maßkrug auch die Weiblichkeit, die die Männerwelt wieder einmal durcheinander bringt oder zumindest nicht schlauer macht.

Ein recht stämmiger Mann Mitte 40 sitzt mit rotem Kopf und schon leicht wässrig unterlaufenen Augen vor seinem Bierkrug neben seiner Frau oder Freundin und stiert hinauf zum weißblauen Wolkenhimmel, als würde er dort die Wahrheit über alles Menschliche erfahren. Der bayerische Himmel in den Zelten ist immer sehr schön dekoriert und bei einigen tanzen auch ein paar Pappwolken an unsichtbaren Fäden hin und her.
Der recht stämmige Mann trägt die übliche Lederhose in kurz und ein blaukariertes Hemd mit bestickten Hosenträgern. Sie hat eines der durchgeknöpften Dirndl aus blauer Baumwolle mit weißen Blumen und Rüschenärmel an. Jedes Mal, wenn sie aus seinem Maßkrug nippt, beugt sie sich über den Tisch und zeigt ihr gut erhaltenes Dekolleté. Dann tupft sie sich geziert den Schaum mit einem Tempo-Taschentuch von den geschminkten Lippen ab und wirft einen kurzen prüfenden Blick in einen kleinen Handspiegel.
Das junge, blonde Rosenresli hat sich gerade zu diesem Tisch durchgezwängt und hält den Herren der Schöpfung ihren großen, gerade frisch eingeflogenen Rosenstrauß direkt vor die Nase. Mindestens 50 rote Rosen strecken ihre samtenen Köpfe sacht dem Tisch entgegen und erreichen auch den stämmigen Herrn im mittleren Alter.
„Frische Rosen! Frische Rosen!“, ruft das Rosenresli mit blutroten vollen Lippen. Mit ihren blonden Haaren, dem freundlichen Lächeln und der jungen Haut erscheint sie dem Mann wie eine Fata Morgana, den er gerade im bayerischen Zelthimmel visionshalber entdeckt hat. Er lächelt sie an und schnuppert wie von einem unsichtbaren Faden gezogen an dem Rosen-

strauß, der jetzt immer näher kommt. Das Rosenresli setzt ihr gewinnendstes Lächeln auf.
Derf's was sein?", fragt sie ihn in ihrer bezaubernden jugendlichen Unschuld und strahlt ihn an, als wäre er genau der Gefährte ihres Lebens, auf den sie in ihrem jungen Leben gewartet hat.
„Was kosten denn deine Blumen?", er mustert sie wohlwollend und zeigt mit der Schulter zur neben ihm Sitzenden, „Eine vielleicht. Was kost'n eine?"
„Eine Rose. Zwei Mark und fünfzig Pfennig, der Herr."
„Dann gibst ihr halt a Ros'n!", sagt er, zieht einen abgegriffenen ledernen Geldbeutel aus der Lederhosentasche und fingert nach dem Geld.
„Aber geh, Franze, des braucht's doch net!", meint die Gattin oder wer immer sie auch sein mag in dem Moment, als das Rosenresli gerade eine wunderschöne und voll erblühte rote Rose aus ihrem Strauß zieht und ihr überreichen möchte.
„I mag eigentlich gar keine Rosen" setzt sie noch nach und wirft gleich einem Eisberg einen kalten Blick Richtung Rosenstrauß und Rosenresli, zupft an ihrem Dirndl herum und verzieht die geschminkten Lippen beleidigt nach unten. Jetzt kann auch ihr herzeigbares Dekolleté ihre offensichtliche Eifersucht nicht mehr verbergen, nachdem es im oberen Bereich fast dunkelrot wird und der Busen heftig hin und her bebt.
„Seit wann magst du keine Rosen net?", fragt er und gibt dem Rosenresli die Zwei Mark Fünfzig. „Du gibst ihr jetzt oane!"
Wieder wandert die nun einsame, wunderschöne samtige Rose über den Tisch. Aber die Begleiterin nimmt sie nicht. Das Rosenresli steht unentschlossen da und weiß nicht, was sie mit der Rose machen soll.
Trotz des Lärms im Zelt wird am Nebentisch das kleine Rosengeplänkel wahrgenommen. Ein junger unbeweibter Mann in T- Shirt und Jeans mischt sich ein. „Vielleicht mag sie bloß von dir die Rosen nicht, Kamerad", meint er zu dem bayerischen Herrn im mittleren Alter. „Von mir vielleicht schon" und lacht dabei über das ganze Gesicht. „Was is Madl, magst von mir eine Ros'n?", ruft er rüber zu der Frau Gattin oder Freundin mit dem dunkelroten Dekolleté. Aber er bekommt keine Antwort und das Rosenresli steht da mit der Rose in der Hand, die allmählich des Wartens müde ist und langsam den Kopf hängen lässt. Der stämmige bayerische Herr im nun fortgeschrittenen

Alter dreht sich jetzt direkt zu seiner Nachbarin. „Du nimmst jetzt de Rosen, das sag‘ ich dir. Sonst werd‘ ich so grantig, dass du am besten gleich heimgehst.“ Aber sie schüttelt immer noch den Kopf, jetzt auch noch dem Weinen nah und schluchzt. „Und eine allein sowieso net, wenn ich dir net mehr wert bin.“
Da stöhnt er kurz auf, wirft dem Rosenresli einen heißen Blick zu, holt noch einmal seinen abgegriffenen Geldbeutel aus der Lederhosentasche und kramt wieder zwei Münzen raus. „Dann gibst ihr halt noch eine.“
Aber es gibt auch die anderen Rosenkavaliere. Das sind die, denen die Ehefrau zum Nebentisch übergelaufen ist, weil sein oder ihr „Grandl“ schon so voll ist, dass das Bier gar nicht mehr hineinpasst und schon raus laufen möchte. Auch hier wird manchmal das Rosenresli gerufen, damit die eine oder andere Blume den Hausfrieden wieder einigermaßen stabilisiert. Aber manchmal gelingt das auch nicht, vor allen Dingen dann, wenn der Ehekrach gerade in voller Fahrt ist. „Gib meiner Frau da drüben a Rosen. Sie soll sich wieder zu mir hersetzen“, meint der sichtlich verlassene Ehemann, der damit einen Streit beenden will, der nur deshalb begonnen hat, weil sich beide über den gerade gespielten Wiesenschlager nicht einig werden können und er ihr vorwirft, dass sie immer schon a biss’l deppert war und sie ihm an den Kopf wirft, dass er in seinem „Sure“ sowieso alles vergisst und nix mehr im Hirn hat. „Von dem Depp’n nimm i koane Bleame mehr. A so a Arschloch!“, hört das Blumenmädchen beim ersten Versuch, die gekauften Friedensblumen der Ehefrau am Nebentisch zu überreichen. „Von dem nimm i gar nix mehr, dass Sie’s wissen, Frollein. Die kenna’s ihm gleich wieder z’rückbringen, de Rosen.“ Spricht’s und nimmt den nächststehenden einigermaßen verblüfften, aber auch zugleich freudig erregten, alleinstehenden Herrn am Nebentisch unter den Arm und beginnt mit ihm zu schunkeln. Sie kann sich sehen lassen, die ehefrauliche Nachbarin vom Nebentisch und der alleinstehende Herr, dem auch das Wiesenbier einigermaßen schmeckt, freut sich über den fraulichen Überfall.
Nicht so der jetzt schwer gekränkte Ehemann. Gerade kann sich das Rosenresli noch durch einen Sprung in einen Seitengang des Zeltes in Sicherheit bringen, als auch schon der Gemahl wie der leibhaftige Schmid von Kochel in seinen besten Jahren den Maßkrug statt eines Schmiedehammers über den

Kopf schwingt und den Krug donnernd auf dem Nachbartisch niedersausen lässt. Die anderen Maßkrüge samt angebissener Brezen, abgegessener Hendlknochen und übrig gebliebener, sprich noch nicht abservierter Teller springen gewaltig hin und her und so manches Überbleibsel nebst Bierresten ergießt sich in weitem Bogen über die nächsten Tische und erreicht somit höchstpersönlich andere Festgäste, die eigentlich schon gegessen haben und sich an dem Festmahl nicht beteiligen wollten. Dann folgt von dem von sich und seiner Kraft selbst berauschten Schmied von Kochel noch eine direkte Ansprache an den netten Herrn vom Nachbartisch, der gerade so losgelassen mit seiner ureigensten Ehefrau geschunkelt hat.
„Wenn'st net sofort mei Frau loslasst, du niederbayerischer Depp, du depperder, dann hau' i dir den Maßkrug gleich so auf dein Schädel nauf, dass dir die Scherben einzeln rausfliegen, des sog i dir."
Dass er das ernst meint, hat er gerade bewiesen und nach den Ausmaßen seines Zorns zu urteilen, wird es auch nicht mehr lange dauern, bis er seine Drohung wahrmachen wird.
Da steht der so angeredete möglicherweise niederbayerische Wiesengast langsam auf und zieht seine Trachtenjacke aus. Unter den hochaufgekrempelten Hemdsärmeln werden kräftige, sonnengebräunte Arme mit einem ordentlichen Bizeps und Hände so groß wie Wagenräder sichtbar. Das hat man vorher unter der Jacke gar nicht gesehen. Damit langt er rüber zu dem gekränkten Ehemann, nimmt ihm den Maßkrug aus der Hand, den er immer noch wie einen Hammer festhält und schüttelt ihn mit der anderen Hand an seinem Trachtenjanker kurz durch: „Du schleichst di jetzt gell, du windiger Bauernfünfer du windiger." Dann setzt er sich wieder gemütlich hin und zieht seine Jacke wieder an, während die Ehefrau hastig aufsteht und sich wieder zurückzieht zu dem heimatlichen gebeutelten Ehemann, nicht ohne dem Sieger einen aufgeregten, aber auch bewundernden Blick zuzuwerfen.

Wenn die Tanten nach vierzehn Wiesentagen dann ihren Turm wieder räumen und die verschiedenen Rosenreslies mit vollen Geldtaschen aber hundemüde, nach Hause gehen, ist der Herbst schon im vollen Gang und die Nächte beginnen früh. Da ist es auf dem Oktoberfest wie auf einem fremden Planeten inmitten einer großen Stadt. Überall blinken und funkeln Lichter.

Achterbahnen schlängeln sich in Höchstgeschwindigkeit mit schreienden Menschen und quietschenden Bremsen über die abenteuerlichsten Schienenwege. Im „Rotor“ kleben Männlein und Weiblein wie Marsmenschen samt ihrer Spucke an den Wänden und im Teufelsrad dreht sich der Kreisel immer schneller, bis auch der letzte mit Turnschuh beschuhte Sitzenbleiber von dem großen weichen „Rasierball“ herunter geweht wird. Beim „Hau den Lukas“ zischen die Böller nach oben und auf der „Tobogan“ fallen die langstündigen Bierzeltbesucher zum Gaudium der Zuschauer immer wieder auf dem schnellen Rollband auf ihre eigene Nase. Dass man das Rollband auch langsamer einstellen könnte, wissen die wenigsten und dann gäbe es auch kein Gaudi und nichts zum Lachen. Nur im Riesenrad ist es stiller. Wenn die Gondel ganz oben steht, kann man die leuchtende und funkelnde Wies'n in ihrer ganzen Schönheit betrachten und sich dabei wie der Herrgott fühlen, der auf seine Welt manchmal herunterschaut. Natürlich nur, falls es ihn je gegeben hat.

Weihnachten

Die Sache mit dem Onkel Paul wird immer schwieriger. Er wird immer zudringlicher und wenn ich mit ihm allein zu Hause bin, was immer öfter vorkommt, will er mich laufend küssen und fasst mir an den Busen. Auch wenn ich meine Arme verschränke, greift er mich an und wenn ich davon laufe, lacht er mir nur hinterher. Ich traue mich einfach nicht der Anni das zu sagen und versuche, ihm aus dem Weg zu gehen, aber er ist einfach immer da. Letztes Mal hat er mich auf seinen Schoß gezogen und wollte mit seinen Fingern an mein Höschen. Da bin ich aufgesprungen und in Panik auf die Straße gerannt. „Da passiert doch nichts", hat er mir im Treppenhaus hinterher gerufen. Das Schlimme ist, dass die Anni auch nichts sagt, wenn er mich vor ihr auf die Lippen küsst und versucht, seine Zunge in meinen Mund zu stecken oder wenn er mich berührt. Seit dem ich das merke, trau ich mich schon gar nicht mehr mit ihr zu reden.
Ich bekomme auch wieder Angstzustände wie damals, als meine Mutter so krank war. Dann kann ich schlecht atmen und spüre mein Herz ganz fest bis zum Hals schlagen. Ich habe Angst zu ersticken und zähle jeden Atemzug mit, bei dem ich nicht erstickt bin. Aber manchmal wünsche ich mir auch, ich würde nicht mehr da sein und wenn es nicht anders geht, auch ersticken. Meistens wird es nach kurzer Zeit wieder besser, aber es kommt jetzt immer öfter. Wenn ich nur mit jemanden sprechen könnte.

Jetzt ist bald Advent. Die Fanni hat ihren Obstturnus eingewintert und die Kirschen und Erdbeeren sind in Urlaub. Sie hilft der Anni beim vorweihnachtlichen Geschäft für ihren Blumenstand, an dem sie jetzt Adventskränze, Mistelzweige, Ilex und Weihnachtsbäume verkauft. Die beiden sitzen jetzt den ganzen Tag und manchmal auch die halbe Nacht mit der „nosaden" Fritzi im Blumenlager in der Westenriederstraße zusammen, wo auch immer der „Flottweg" mit dem großen Korb und dem Schirm die Nacht verbringt. Nachdem das Lager auch noch ziemlich kalt ist, kann die Anni den Sommer über ihre nicht verkauften Blumen dort einstellen, damit sie einigermaßen frisch bleiben. Der Raum hat ein winziges vergittertes Fenster und einen kleinen, qualmenden Kohlenofen, den die Anni jetzt im Winter,

wenn sie in der Vorweihnachtszeit den ganzen Tag im Lager sitzen müssen, mit Eierbriketts einheizt.
Das Lager hat sie sich vor vielen Jahren vom Gustl, dem Freund von der Fanni, für relativ viel Miete aufschwatzen lassen. Aber die Lage ist für sie Gold wert und der kurze Weg zu ihrem Blumenstand wiegt alles auf. Das Lager ist direkt neben dem „Marktstüberl" und wenn sie in der Frühe mit der Luise und dem „Flottweg" zum Marienplatz fährt, hängen manchmal ein paar vergessene Gestalten aus der Tür vom „Marktstüberl" heraus, das immer noch offen hat. Dieses „Marktstüberl" ist eigentlich nur ein Stehausschank mit ein paar kleinen Tischen. Wer da in den frühen Morgenstunden noch hinein geht, den haben sie beim „Donisl" in der Weinstraße rausgeworfen, was auch nichts Gutes bedeutet.
Die Anni, Fanni und Fritzi sitzen schon seit Tagen mit fingerlosen Handschuhen, dicken Mäntel, Mützen und Schals im Lager vor dem Kohlenofen und binden Adventskränze in allen Größen, die die Luise dann vorne am Blumenstand verkauft. Das ist keine leichte Arbeit und der Blumendraht schneidet trotz Handschuhen immer wieder tief ins Fleisch, sodass auf dem Tisch auch eine große Packung Heftpflaster liegt. Erst müssen die Tannenzweige je nach Größe mit der Zange von den großen Ästen geschnitten werden. Dann wickelt man sie um einen mit grünem Krepppapier geflochtenen Strohkranz und zwar so, dass nur die Äste am Kranz mit Blumendraht festgebunden sind und die Tannenspitzen frei liegen. Besonders schön schauen sie aus, wenn man richtig frische Blautannen dazu verwendet, die dann mit den Kerzen richtig leuchten.

Nach den Adventskränzen kommen die Weihnachtsbäume und das ist eine noch größere Plagerei. Besenstiele in unterschiedlichen Längen nagelt man auf kleine, quadratische Holzbretter, sozusagen als Stamm. An die Stiele kommen dann kleine und große Tannenzweige (die großen unten und die kleinen oben), die auch mit dem Blumendraht direkt an den Besenstiel gebunden werden. Damit die Zweige auch halten und sich nicht schon vor Weihnachten ablösen, muss der Draht mit voller Kraft angezogen werden und dafür braucht man dann wieder das Heftpflaster, das auf dem Tisch liegt. Das größte Problem neben den Blumendraht- Wunden in den Händen sind die Stämme, also die Holzbretter. Die Bäume sollen ja nicht umfallen, aber weil die Bretter meistens schief geschnitten oder auch gehobelt sind und am Boden die Nägel herausschauen, haben sie immer irgendwo Schlagseite.

Bei den ganz großen Bäumen, die meistens die Fritzi macht, müssen die Tannenzweige so an den Stamm gebunden werden, dass sie sich nicht nur gegenseitig stützen, sondern dass das Gewicht der einzelnen Zweige auch noch so verteilt ist, dass der Baum das Gleichgewicht halten kann. In dieser Disziplin ist die Fritzi Meister. Sie bindet Bäume, die bis zu zwei Meter hoch sind, ohne umzufallen. Allerdings geht das nicht ohne „Geh, leck mich doch am Osch, bläds Trum, bläds! Oder auch ein wenig stilvoller: „Wennst jetzt net bald steh'n bleibst, dann bist noch vor Weihnachten im Ofen."
Die Tanten bewundern die Kraft und auch die Ausdauer von der Fritzi, auch wenn sie zwischendurch immer wieder einen Schnaps braucht, um weitermachen zu können. Ab einem bestimmten Quantum wird sie dann öfter auch ausfallend und fängt zu streiten an. Aber daran haben die Tanten sich längst schon gewöhnt und hören gar nicht mehr hin.
Doch das gefällt der Fritzi auch nicht, dass ihr keiner zuhört. Dann wird sie ganz böse und ihre Augen verengen sich zu stechenden Ilexkugeln und verharren unter der Augenhöhle bis ihr die richtige Antwort auf das Schweigen einfällt und meistens fällt ihr eine ein. Vor lauter Empörung erstickt sie dabei mit aller Macht die ohnmächtigen Tannenzweige, deren Nadeln erschöpft und erdrosselt dann doch vor Weihnachten noch vom Baum fallen.
Wenn es an der Zeit ist, den Ilex oder die Mistelzweige einzufärben, stinkt es im Lager wie in einer Chemiefabrik. In große Eimer mit Gold- oder Silberfarbe werden die Zweige eingetaucht und bekommen somit den glitzernden Überzug, der für Weihnachten und Sylvester notwendig ist. Damit die Farbe auch auf den Zweigen trocknen kann, werden sie kopfüber an einer Leine, die über das ganze Lager gespannt ist, aufgehängt. Manchmal vergolden sich die Haare der Fritzi, die mit ihrer stattlichen Körpergröße immer wieder vergisst, den Kopf einzuziehen. Die kleinen Tanten haben damit kein Problem.
Mittlerweile bin ich schon sehr in das Viktualienmarktleben eingebunden. Meistens ist die Schule gegen Mittag aus und ich laufe auf direktem Weg zum Blumenstand, um erst einmal die Luise abzulösen, die schon von einem

Fuß auf den anderen hüpft und nervös auf mich wartet. Jetzt, im beginnenden Winter und so kurz vor Weihnachten, wird es auch schnell kalt an dieser zugigen Ecke, an der der Stand steht. Es gibt zwar einen Schirm, aber der schützt nicht gegen die Kälte und den Wind, der vom Alten Rathaus und der gegenüber stehenden Heilig- Geist- Kirche um die Ecken pfeift. Wenn ich mich verspäte, sehe ich die Luise schon aus der Ferne, wie sie ständig auf die Uhr schaut.
„Wo bleibst du denn so lange, Christa? Ich muss dringend auf die Tola und die Mutsch hat mich auch noch nicht abgelöst.“ Die Luise muss jeden Tag immer zur gleichen Zeit auf die Tola, was bei ihr Toilette heißen soll und ich wundere mich, wie sie das immer so regeln kann bei sich. Die Anni sagt immer, die Luise hat eine Blase mit eingebautem Wecker, der nie nachgeht.
„Schneller kann ich nicht kommen. Die letzte Stunde ist um ein Uhr aus und jetzt ist es gerade eine Viertelstunde später. Gegessen hab‘ ich auch noch nichts“, murre ich mehr oder weniger leise vor mich hin, was die Luise geflissentlich überhört und mir nur einen strengen Blick zuwirft. „Pass‘ auf die Kasse auf! Von den runden Adventskränzen sind nicht mehr viel da. Die musst du nachher vom Lager holen. Und die kleinen Bäumchen fallen dauernd um. Das musst du denen sagen, dass ich die so nicht verkaufen kann.“ Sagt‘s und verschwindet hüpfend um die Ecke.
Was die Luise gar nicht leiden kann, sind die ewigen Fragen der zahlreichen Touristen, die auch gerade jetzt um die Weihnachtszeit häufig den Blumenstand aufsuchen, der so richtig im Blickfeld liegt, um nach dem richtigen Weg zu fragen.
„Wo ist denn hier das Hofbräuhaus?“
Wenn der Frage keine Bitte vorangestellt ist, dreht sich die Luise nicht einmal um, auch wenn der Fragende direkt hinter ihr steht. Sie macht weiter ihre Arbeit, hüpft wortlos auf die andere Standseite und schweigt.
„Das Hofbräuhaus soll hier sein. Wissen Sie wo?“ Der Mann hat sich jetzt direkt vor ihr aufgebaut und hindert sie mit seinem stattlichen Bierbauch am Vorbeigehen.
„Jetzt lassen Sie mich doch vorbei.“ Sie schiebt ihn mit dem Ellenbogen auf die Seite. „Zweite Straße links“, damit hüpft sie wieder um ihn herum und ist hinter dem Stand verschwunden.

„Wo?", der Bierbauchmann dreht sich um die eigene Achse, „Wo links? Da oder da?" Aber die Luise zerrt schon wieder ihre Adventskränze hin und her und richtet die umfallsüchtigen Tannenbäume auf, ohne den Fragesteller noch eines Blickes zu würdigen.
Nachdem die Luise fast eine ganze Stunde weg ist und ich mittlerweile fast erfroren bin in meinem dünnen Wintermantel, kommt die Anni vom Lager mit ein paar Adventskränzen unter dem Arm und der unvermeidlichen Zigarette in der Hand. Die Anni kann ohne Zigarette nicht leben. Manchmal meine ich, dass sie mit einer Zigarette statt einem Schnuller im Kinderwagen gelegen ist. Es ist sowieso erstaunlich, wie die Anni das mit den Zigaretten so hinkriegt, dass sie immer eine in der Hand oder im Mund hält und trotzdem stundenlang redet und arbeitet. Ganz ohne Zigarette kenne ich sie eigentlich gar nicht. Nur an ihrem Blumenstand, wenn „d'Frau" etwas kaufen möchte, legt sie die Zigarette weg. Das geht nicht, meint sie dann zur Luise und schnippt ihr die Zigarette aus dem Mund, wenn diese mit einer Rauchwolke auf den Lippen bedienen will. Unfein ist das, sagt sie ihr dann regelmäßig und dass sie nie eine Dame werden wird, wenn sie das nicht lässt. Aber die Luise will, glaube ich, gar keine Dame werden. So klein wie sie ist mit der schiefen Hüfte und der gelebten Vergangenheit. Und der Wiggerl würde auch gar keine Dame haben wollen, denke ich.
„Wo is'n d' Luise? Immer noch beim Essen?" Sie schaut auf ihre alte Armbanduhr mit dem schwarzen Lederarmband, das so abgewetzt und von dem vielen Blumenwasser entfärbt ist, dass es eigentlich gar keine Farbe mehr hat. Ihre Finger sind mit Silber und Gold gesprenkelt und das ein oder andere Tröpfchen hat auch den Weg zu ihrem Gesicht gefunden, sodass sie aussieht wie die Goldmarie im Altersheim. Sie hat ihren alten Pelzmantel mit dem Katzenfell an, der genauso räudig ist wie die vielen obdachlosen Katzen und Hunde, die sich jetzt im Winter um den Viktualienmarkt herumtreiben, weil doch hin und wieder etwas von den Metzgerständen und den Bäckereien abfällt. Ehe ich etwas sagen kann, sehe ich aus den Augenwinkeln, dass die Luise gerade um die Ecke biegt und ein bisschen schneller wird, als sie die Mutsch sieht.
„Ich war gerade noch einmal auf der Tola", sagt sie mit einem vorsichtigen Blick nach oben in das Gesicht von der Anni. Sie ist noch kleiner als sie und

muss sich sogar strecken, wenn sie ihr direkt in die Augen schauen will, was sie eigentlich nie will.
„Lass das Christerl das nächste Mal nicht so lange in der Kälte stehen! Gegessen hat ‚s wahrscheinlich auch noch nichts nach der Schule." Und zu mir: „Du gehst jetzt zur Söldnerin. Ich glaub‘ es gibt heute Weißwürscht. Und hinterher gehst nach Hause und machst Hausaufgaben."
„Ich könnte euch aber nach dem Essen helfen, oder? Hausaufgaben habe ich auch nicht auf, glaub‘ ich. Oder ich mach‘ sie heute Abend", sage ich und hoffe, dass ich nicht nach Hause muss und womöglich der Paul da ist.
„Von mir aus" sagt die Anni und mir fällt ein Stein vom Herzen.
Ich will mich gerade auf den Weg machen, als eine Kundin die schiefen Christbäume betrachtet und die Luise pflichteifrig und einen Tick schneller als sonst nach vorne eilt.
„Sind doch schön die Christbäume, gell? Wie groß soll er denn sein?"
Die Kundin nimmt einen kleinen Baum in die Hand: „Nicht so groß, aber der ist ja ganz schief." Dann stellt sie ihn auf den Boden, wo sich der Baum sofort hinlegt, „Und umfallen tut er auch noch. Dann kann ich ihn nicht brauchen!" Sie legt den Baum wieder hin. „Ham's keine graden Bäume?", fragt sie die Anni, die gerade einen silbernen Mistelzweig in eine Vase drapiert.
„Glauben Sie vielleicht, dass die Bäume wegen Ihnen alle gerade wachsen, so wie's Ihnen passen tät?", sagt die und verschwindet mit ihrem Mistelzweig in ihrem Tannenwald.
Die Söldnerin hat ein winzig kleines Café mitten auf dem Viktualienmarkt in einem kleinen Häuschen, wo nur drei kleine Tische Platz haben. Außerdem gibt es noch eine Theke mit Unterbau, in der alle möglichen Kuchen und direkt daneben Wurstsemmeln aller Art einladend daliegen. Dahinter, sozusagen in der kleinen Küche, faucht und spuckt eine riesige Kaffeemaschine neben einem kleinen Zweiplatten- Herd, auf dem immer etwas brutzelt.
Ich darf bei der Frau Söldner unter der Woche und nach der Schule zu Mittag essen, obwohl es ja gar keine richtige Küche gibt und das Gewerbeamt immer wieder einmal vorbeischaut, damit ja alles mit rechten Dingen zugeht hier am Viktualienmarkt und keiner etwas verkauft, was er nicht darf. Warmes Essen darf die Söldnerin zum Beispiel nicht verkaufen, aber für sich selbst etwas kochen, geht natürlich und da esse ich einfach mit. Meistens gibt

es Wiener Würstl oder Weißwürstl oder Dampfwürstl mit Brot oder auch mal Kartoffelsalat. Hin und wieder auch mal eine Mehlspeise, wie eine Dampfnudel mit Vanillesauce und ganz selten etwas Gemüse.
Kartoffeln gibt es auch nicht so häufig, denn „Kartoffeln gehör'n in den Keller und nicht auf den Teller", sagt sie immer.
Die vielen Würstl bringen ihr die Metzger vom Petersbergl, die gern und oft bei ihr ein Haferl-Kaffee trinken und den neuesten Tratsch weitererzählen. Aber die Söldnerin weiß auch viel und so stecken sie dann die Köpfe zusammen, wenn es etwas Unanständiges ist, was ich nicht hören soll, obwohl ich mich immer unsichtbar mache und ganz still bin. Die Metzger sind auch figürlich gewichtige Leute und stellen etwas dar am Markt in ihren weißen Metzgerschürzen oder blau- weiß gestreiften Hemden, auf denen manchmal kleine Blutflecken sind. Am Samstag ist in ihren kleinen Läden so viel los, dass die Leute bis auf die Straße anstehen müssen. Das hätten andere Läden auch gern, so einen Ansturm, aber ein Schaufenster voller Wurst- und Fleischspezialitäten mit dem heimischen warmen Leberkäs macht schon einiges her. Da können viele nicht so leicht vorbeigehen und die wenigen Vegetarier gehen sowieso immer auf die andere Straßenseite, wenn sie die Metzgerläden sehen.
Die Söldnerin ist eine Station von der Anni, die sie täglich mehrmals aufsucht auf ihrer Rundreise über den Markt. Neben dem Lager und dem Blumenstand konnte ich bisher vier weitere Stationen ausmachen, wo die Anni zu finden ist, wenn sie jemand braucht und ich sie suchen muss. Die erste ist immer die „Kronfleischküche". Dann folgt in der Regel der Gang in das Lager und zum Blumenstand, anschließend zur Söldnerin oder wahlweise zum Sollerwirt im Tal. Am Nachmittag ist sie fast immer im Café Neumayer zum Kartenspielen und abends eventuell noch einmal in der „Kronfleischküche" oder aber, wenn heimgegangen wird, noch auf einen längeren Sprung in einer der vielen Kneipen am Baaderplatz.
Wenn ich die Tante suchen muss, dann laufe ich alle diese Stationen ab und fange wieder von vorn an, wenn ich sie nicht finde. Manchmal passiert es, dass mir jeder sagt, dass sie gerade da war und ich die Richtung verpasse und zur falschen Station marschiere, wo sie auch gerade war. Jedenfalls komme ich mir manchmal vor wie auf der Flucht.

Weil die Anni so gut wie nicht kocht und auch am Abend immer essen geht, darf ich meistens auch noch mitgehen, muss aber dann spätestens um neun Uhr in der Wohnung sein und das Licht ausmachen. Darum habe ich mir angewöhnt, unter dem Bett mit der Taschenlampe meine unsäglichen Romane zu lesen. Wenn ich versehentlich das Deckenlicht oder die Nachttischlampe anlasse, dann höre ich immer nach einer gewissen Zeit von der Straße die Anni oder den Paul „Licht aus, oder ich komme hoch!" rufen. Das war ihre Art und Weise der Kindererziehung. Dieses „Licht aus oder ich komme hoch!" wird meistens auch noch von dem Gelächter aus einer der Kneipen begleitet, die sich wie eine Perlenschnur um die gesamte Altstadt reihen und in der Baader- ,Buttermelcher- ,Klenze- und Aventinstraße eine besondere Frequenz haben. Dann komme ich mir immer vor wie meine Stiefschwester Dorle, die ständig wieder zu dem „Guten Hirten" musste, weil sie nicht brav war. Dieses geflügelte Wort: „Wenn du nicht brav bist, kommst du zu den Guten Hirten" hat uns damals allen Angst gemacht, auch wenn wir noch eine Familie waren. Das „Licht aus, sonst komme ich hoch!" von der Anni und dem Paul klingt mir jetzt genauso in den Ohren.
Dann kommen auch schon bald Weihnachten und die stade Zeit, wie die Anni immer sagt. Die Schulferien haben angefangen und der Heilige Abend zusammen mit der Anni, dem Paul und der Fritzi, die schon wieder mal mit ihrem Hans zerstritten war, ist eigentlich ganz schön. Sie haben mir Ski mit weißen Stiefeln, Anorak, Handschuhe und Mütze gekauft und dazu einen Skikurs beim Sport-Scheck, der am kommenden Samstag in der Wildschönau anfängt und über sechs Samstage geht. Ich bin ganz aufgeregt wegen dem Skikurs und freue mich unheimlich darauf. Noch nie in meinem Leben habe ich die Berge richtig gesehen und jetzt darf ich auch noch allein zum Skifahren lernen gehen. Und die weißen Stiefel sind einfach wahnsinnig. Die Nachbarin rümpft allerdings die Nase, als sie die weißen Skischuhe sieht und meint, dass es zu ihrer Zeit nur schwarze oder höchstens braune Schnürstiefel gegeben hätte und weiße Stiefel eigentlich flischerlhaft wären, worauf ihr die Anni einen wütenden Blick zuwirft mit der Bemerkung, dass sich die Zeiten halt ändern täten und dass weiße Skistiefel jetzt sehr modern wären. Das hätte ihr der Verkäufer vom Sport- Scheck auch gesagt. Und geschnürt werden sie auch.

Am Samstag vor Sylvester stehe ich in der Früh um sieben mit meinen neuen Skiern und den weißen Skistiefeln am Jakobsplatz und warte auf den Sport-Scheck Bus, der uns in die Wildschönau bringen soll. Die meisten Kinder sind mit ihren Müttern und Vätern erschienen. Als der Bus endlich dasteht und wir alle mitsamt unseren Skiern einsteigen wollen, nimmt uns der Busfahrer erst einmal kopfschüttelnd die Skier aus der Hand und stellt sie nach hinten in den kleinen Anhänger, den der Bus dabei hat.
Die Fahrt dauert ungefähr zwei Stunden. Es schneit ganz leicht und die Kinder sind alle unruhig, lachen viel und laufen im Bus hin und her. Ich bin fast die Älteste und bleibe auf meinem Sitz, bis wir im Skigebiet ankommen. Nach dem Aussteigen müssen wir lernen, die Ski richtig zu tragen, damit sie nicht runter fallen. Aber auf meinen knochigen Schultern rutschen sie immer nach vorne oder hinten und ich muss aufpassen, dass ich nicht selbst darüber falle. Auch die Stöcke behindern mich und sind ständig zwischen meinen Füßen. Bei meiner Größe hat der Verkäufer vom Sport- Scheck der Anni auch noch ziemlich lange Ski verkauft, die aus besonders gutem Eschenholz und auch noch ganz besonders schwer sind. Jedenfalls habe ich das Gefühl, dass meine Schulterknochen schon einen Knick haben von den scharfen Kanten und dabei sind wir noch nicht einmal beim Lift.
Vor dem Liftfahren mit dem Schlepplift müssen wir die Ski anschnallen. Die neueste Erfindung ist ein Liftstrammer, den man vorn schließen muss, wenn der Schuh richtig in der Bindung steht. Dann erst darf man den Fangriemen einhängen, damit die Ski nicht weg sind, wenn mitten am Hang die Bindung aufgeht. Aber ich komme nicht einmal bis zum Liftstrammer vor, auch wenn ich mich ganz klein zusammenfalte und meine Arme teleskopförmig ausfahre. Ich komme einfach nicht hin. Die ersten Kinder lachen schon, bis ein größerer Junge sich herunter bückt und die beiden Liftstrammer zudrückt.
Der Schlepplift ist eine einzige Katastrophe. Sich nebeneinander hinstellen und dann den Bügel selbst richtig zu erwischen, ist fast nicht möglich. Nachdem der Lift deshalb immer wieder stehen bleiben muss, hilft uns der Skilehrer und holt für jedes Paar den Bügel herunter. Dann steht man endlich auf den Skiern und soll in der Spur nach oben fahren. Ich weiß nicht, wie oft ich unterwegs ausgestiegen bin oder ausgestiegen wurde, jedenfalls

komme ich völlig erschöpft oben an. Beim ersten Schneekontakt falle ich auch gleich hin und das sollte nicht das letzte Mal gewesen sein.
„Ja sag einmal, du langes G'stell mit deine weißen Skischuh', kannst jetzt immer noch nicht allein aufstehen. Zum hundertsten Mal: die Skier quer zum Berg." Der Skilehrer ist von mir so genervt, dass er schon wegschaut, wenn ich losfahre, um nicht sehen zu müssen, wie es mir immer wieder beim Pflugbogen die Füße auseinander grätscht und ich dann wie eine verrenkte Gliederpuppe daliege und versuche, irgendwie meine Füße in eine stabile Seitenlage zu bringen. Aber meine Füße fallen wie ein Tausendfüßler über mich her, bis ich mit zitternden Knien, durchgeweichtem Anorak, nasser Hose und Mütze in meinen weißen Skischuhen wieder im Bus sitze.
Der Bus braucht beim Heimfahren sehr viel länger. Auf der Olympiastraße stehen die Autos im Stau und wir kommen mit einer Stunde Verspätung erst wieder am Jakobsplatz an. Eigentlich wollte mich der Paul abholen, aber es wird ihm zu lang geworden sein, denke ich, als keiner da ist. Also nehme ich meine Skier wieder auf die Schulter und gehe allein nach Hause.
Als ich die Wohnungstüre aufsperre, höre ich schon, wie sich die Anni lauthals mit dem Paul streitet. Es geht um mich und ich überlege, ob ich nicht vielleicht besser wieder gehe. Aber wohin? Also stelle ich vorsichtig die Skier im Flur ab, gehe auf meinen lauten, weißen Skischuhen hölzern durch die Zimmertür und will am Paul vorbei, der gerade vor dem Spiegel steht und sich die Haare bürstet: „Wo bist'n du so lang?"
Ich schaue von der Seite in den Spiegel und sehe zwei blutunterlaufene Augen, die mich drohend fixieren. „Ich war an der Bushaltestelle und du warst in keinem Bus."
Langsam kriecht die Angst in mir hoch und ich spüre richtig, wie mir die Luft ausgeht und in der Brust alles eng wird.
„Es war so ein Stau auf der Olympiastraße. Wir sind später gekommen." Ich will seitlich an ihm vorbei und maule noch: „Da kann ich doch nix dafür."
Mit erhobener Haarbürste dreht sich der Paul vom Spiegel weg und kommt auf mich zu. „Wo du warst will ich wissen, du verlogenes Stück." Ehe ich mich versehe, schlägt er mir die Haarbürste so in das Gesicht, dass ich von der Wucht nach hinten gegen die Wand falle und mir den Hinterkopf anschlage. Die Tante Anni reißt ihm die Haarbürste aus der Hand und klopft sich

mit der flachen Hand auf die Stirn: „Du spinnst ja total. Und du schlägst hier niemanden, verstehst du mich. Sonst kannst du gleich gehen. Wenn der Bus stecken geblieben ist, kann sie nichts dafür. Und wo soll sie sonst gewesen sein, du Depp. Mit den Skiern und den Skistiefeln und den Stecken? Vielleicht beim Tanzen?"
Sie nimmt meinen Kopf hoch und schaut sich die Striemen von der Bürste an: „Das ist nicht so schlimm, aber es blutet ein bisschen. Da tun wir Jod drauf."
Dass mir dabei die Tränen mit Rotze über das Gesicht laufen, sieht sie auch.

Andere Umstände

Nach Weihnachten wird der ganze Stand für ein paar Wochen im Lager eingemottet und das Geschäft geschlossen. Die Anni ist jetzt viel zuhause, sodass ich nicht mit dem Paul allein sein muss. Seit dem Schlag mit der Haarbürste hält er sich auch mehr zurück und ist besonders nett zu mir, doch ich habe immer mehr Angst vor ihm.
Wenn ich mich in der Wohnküche mit warmen Wasser waschen will, passe ich jetzt immer auf, dass der Paul nicht da ist und wenn ich ihn kommen höre, nehme ich die Waschschüssel mit in das kleine Schlafzimmer und wasche mich auf der Herrenkommode oder direkt auf dem Bett. Meine Tante schüttelt ganz einfach nur den Kopf und betrachtet die Wasserspritzer auf der polierten Kommode, sagt aber nichts dazu.
Am 6. Januar sind die Heiligen Drei Könige mit ihrem Weihrauch unterwegs und die Anni hat die Erlaubnis, im Wandelgang und direkt vor dem Kircheneingang der Heilig-Geist-Kirche ein kleines Tischchen aufzustellen und dort Weihrauch an die Kirchgänger oder Passanten zu verkaufen. Es ist eiskalt und ich stehe mit meinem dünnen Wintermantel jetzt schon seit Stunden vor der Kirchentür. Auf dem Tischchen sind die kleinen Weihrauchhütchen in rot und schwarz aufgebaut, die in einem hölzernen Weihrauchkerzenmann in seiner Pfeife Platz haben. Wenn man so ein Hütchen mit einem Feuerzeug oder einem Streichholz anzündet, schlängelt sich nach ein paar Sekunden ein dünner Rauchfaden in die Luft und betört mit seinem Weihrauchduft die Nase. Den Weihrauch gibt es aber auch in körniger Pulverform, das man direkt auf die Herdplatte streuen kann und dem entzündungshemmende Wirkstoffe nachgesagt werden.
Mittlerweile ist es mir richtig kalt geworden und der geistliche Rat, der gerade vorbeigeht und einen Blick auf meine rote Nase und das eingefrorene Gesicht wirft, nickt mir freundlich zu.
„Wo ist denn die Tante heute? Sie soll dir wenigstens etwas Warmes zu trinken bringen. Sie kommt sicher gleich, gell.“ Und damit entschwindet er mit seinem schönen schwarzen Rock und den blank geputzten Schuhen. Dass die Anni diesen Platz an der Kirche überhaupt betreiben darf, hat sie dem geistlichen Rat zu verdanken. Dafür bekommt er von ihr über das ganze

Jahr, je nach Jahreszeit, einen Blumenstrauß direkt in das Pfarrhaus geliefert. Außerdem ist er ihr ohnehin wohl gesonnen, schon wegen dem großzügig bemessenen Kirchengeld, das die Anni ihm immer persönlich vorbei bringt und das direkt dem Sprengel zugute kommt. Außerdem hat man zusammen den Krieg erlebt und die Buben getauft. Dass sein Schäfchen noch nie eine Art von Kirchensteuer bezahlt hat, stimmt ihn auch nicht nachdenklich.
Über dem Stuhl hängt eine warme Decke, in die ich mich einhüllen soll, sagen die Tanten. Das ist einfache Verkaufstaktik. Sie meinen, dass der dünne Mantel und die Decke zusammen mit meiner roten Nase den Weihrauch-Verkauf ankurbeln. Die Menschen sind so mitleidig und ein junges halb verfrorenes Mädchen, das Weihrauch verkauft, ist auf jeden Fall ein Grund, stehen zu bleiben.
„Mein Gott, Kinderl, du hast ja schon a ganz rote Nasen. Iss recht kalt, gell", sagt die nette ältere Dame zu mir, die selbst warm eingepackt und mit dicken Handschuhen ihren Geldbeutel aus der großen Handtasche kramt. Ich nicke recht wehleidig und zittere ein bisschen, wobei das Zittern mehr ein Ausdruck meiner inneren Wut ist, wenn ich daran denke, dass die Tanten gemütlich und rauchend im Café Neumayer sitzen, vielleicht auch noch Karten spielen oder sich gegenseitig Geschichten erzählen, die ich noch nicht kenne.
Die nette Dame kauft einen Weihrauchkerzen-Mann und zwanzig Hütchen dazu. Dann schenkt sie mir auch noch ein Trinkgeld von einer Mark, das ich gleich in meine Manteltasche stecke, woraufhin mein Zittern etwas nachlässt.
Hin und wieder bringt jemand ein warmes Getränk und etwas zu essen. Das Getränk ist immer schon kalt, wenn es bei mir landet und die Wurst- oder Käsesemmel fast gefroren. Das verbessert meine Laune nicht gerade, wo mir jetzt die Füße auch gerade in meinen Winterstiefeln einfrieren. Für die Hände hat mir die Fanni Wärmekissen in die Manteltaschen gesteckt. Da sind kleine Batterien drin, die aber höchstens zwei Stunden halten.
Gerade hat mir jemand, der aus dem Café Neumayer kommt, Grüße von den Tanten ausgerichtet und dass es bald nicht mehr so lange dauert mit dem Weihrauch. Die letzte Messe ist um acht Uhr und wenn die aus ist, könnte ich anfangen einzupacken. Dann würden sie mir dabei helfen. Zweimal kommt auch die Luise, damit ich wenigstens auf die Toilette gleich gegenüber un-

terhalb vom Petersbergl gehen kann. Die Toilettenfrau gibt es auch schon seit Jahrzehnten dort. Wenn jemand von den Marktleuten Zeit hat, erzählt sie ihnen, was sie tagtäglich so alles erlebt. Am schlimmsten, sagt sie, sind die sogenannten feinen Herrschaften, die mit einer Aktentasche und einem Hut rein gehen. Was die so manchmal hinterlassen, darüber möchte sie gar nicht reden. Und die Frauen erst, vor allen Dingen die angeschmierten, die mit den roten Fingernägeln und den knallroten Lippen. Aber ich glaube auch, dass die Klofrau nicht so gern in den öffentlichen Toiletten arbeitet und dass sie vielleicht auch auf die besseren Leute neidisch ist. Von den meisten kriegt sie nicht einmal ein Trinkgeld, sagt sie, und von dem Zehnerl pro Person kann sie auch nicht richtig leben.

Kurz vor neun Uhr ist auch die letzte Messe zu Ende und die Leute strömen aus der Kirche. Ein paar bleiben auch noch stehen und nehmen noch einen Weihrauch mit, damit er nicht schlecht wird, wie ein älterer weißhaariger Mann mit einem Spazierstock und einem jungen Mädchen an seiner Seite lächelnd meint. Das Mädchen ist wahrscheinlich seine Tochter, denke ich und schaue sie neugierig an. Ein hübsches Ding mit langen braunen Locken und einem Kapuzenmantel. Sie drängt sich an ihn und umklammert fest seinen Spazierstock bewehrten Arm. Ein Stich geht mir durch und durch und in meinem Bauch rollt von unten nach oben ein böses Gefühl von Neid und Ärger, aber auch Trauer.

Als fast alle Kirchenbesucher schon auf der Straße sind, kommen endlich die beiden Tanten runter vom Petersbergl. Sie haben gute Laune und lachen die ganze Zeit. Ich bin jetzt gar nicht mehr gut aufgelegt und fege mit einer halb erfrorenen Hand die restlichen Weihrauchkerzen mit samt den unverkauften Weihrauchmännern in einen leeren Karton und knalle den Deckel zu.

„Hättest mich ruhig einmal ablösen können. Jetzt stehe ich seit Vormittag in der Kälte und die Decke hat mir auch nicht viel genützt. Ich hab‘ gefroren und ihr seid die ganze Zeit da.“

Die Anni fällt mir ins Wort: „Nicht die ganze Zeit da oben. Was glaubst du denn, was wir gemacht haben“, und dabei schaut sie von der Fanni zu mir und wieder zurück.

„Und wo wart ihr dann die ganze Zeit? Der Paul hat euch auch g‘sucht. Den hab‘ ich dann naufg’schickt. Der hat euch bestimmt getroffen, sonst

wär‘ er wieder zurückkommen. Und die Luise hat euch oben sitzen seh’n, hat‘s g’sagt.“
„Ach, die Luise red’t immer so viel. So, der Paul war da. Den hab’n wir aber gar nicht getroffen, gell Fanni. Wir waren nicht die ganze Zeit da oben.“ Die Fanni nimmt mir die Kasse aus der Hand, wirft einen Blick hinein und steckt sie in ihre große Einkaufstasche, die sie immer dabei hat. Sie antwortet nicht, sondern murmelt irgendetwas von „zusammenpacken und dass wir heimkommen“. Sie stellt ihre Tasche auf den „Flottweg“ und ich stelle den Weihrauchkarton dazu.
„Den Tisch und den Stuhl stellen wir in’s Eck. Den holen wir morgen ab. Ich mag heute nicht mehr so schleppen nach so einem schweren Tag“, meint die Anni dann noch.
Als wir endlich zu Hause sind, kommt auch der Paul heim. Seit dem Vorfall nach dem Skiausflug bin ich nicht mehr zum Skifahren gegangen und lasse den Kurs verfallen. Die Tante sagt auch nichts dazu. Die Skier stehen im Kammerl auf dem Flur und die weißen Skischuhe daneben. Manchmal schaue ich noch rein, ob alles noch da ist, aber freuen tut es mich nicht mehr. Der Paul hat getrunken, das sieht man ihm an. Seine Augen sind rot unterlaufen und sein wieder geflickter Ledermantel ist falsch zugeknöpft. Der Schal hängt ihm irgendwo über den Rücken. Ich kann richtig spüren, wie geladen er ist. Er reißt die Kammerltüre auf und schmeißt mir die weißen Skischuhe vor die Füße. „Gehst nimma zum Skifahren, oder? Hab‘n wir dann des ganze Geld umsonst ausgeb’n. Und richtig Grüß Gott sagen kannst auch nimmer seitdem, wie sich des gehört. Magst uns nimmer?“ Er kommt zu mir her und küsst mich auf den Mund. „Richtig Grüß Gott, mein‘ ich“ und presst noch fester seine Lippen auf die meinen. Sein Atem riecht nach Alkohol und er tastet mit den Händen nach meinen Brüsten, die ich nicht mehr schnell genug mit den Armen schützen kann. Die Fanni, die noch auf einen Sprung mitgekommen ist, um das Geld zu zählen, zieht die Augenbrauen hoch, als sie das sieht und schaut fragend zur Anni. „Des glaub‘ ich jetzt nicht. Was macht’n der Kerl da? Warum sagst’n du da nix?“
Die Anni zieht die Schultern hoch: „Ach, da is‘ doch nix.“ Dann schaut sie kurz zum Paul rüber, der mich immer noch festhält, „Net so, wie du denkst. Er mag’s halt.“

Die Fanni sitzt starr da und zieht langsam an ihrer Zigarette: „Wie denk‘ ich denn? Bist du so naiv oder wos? Und sieh’st du net, was der da macht und wie des Deandl Angst hat?“
„Was denn für a Angst. De hat doch keine Angst. Die doch nicht. Und warum sollt‘ die denn Angst haben? Vor dem Paul? Dass ich nicht lach‘.“ Sie verzieht ihr Gesicht zu einem angedeuteten Lachen, aber es wird nur ein hilfloses Wegschauen.
„Wenn du nix machst, dann mach‘ ich was“, droht die Fanni und steht auf. „Das ist doch noch ein Kind und du lasst den alten Kerl einfach so machen und sie von ihm anrühr‘n. Spinnst du jetzt ganz? Mit mir nicht, das sag‘ ich dir.“ Sie steht auf und zieht den Paul von mir weg. „Und du lasst‘ deine Griffel von dem Mädel, verstehst mich! Und wenns’t ihr noch a mal was machst, dann hol‘ ich die Sittenpolizei. Da gehst du sofort in Knast. Aber gleich. Du Saukerl, du mistiger.“ Und zur Anni, die wie vom Donner gerührt da steht: „Du bist mir a sauberer Vormund, du … und mit dir bin i auf’s Gericht gangen. Und wenn du den net sofort naus schmeißt und der morgen noch da ist, dann erlebst was von mir.“
Sie kommt zu mir her. „Warum hast’n nix g’sagt? Des ist doch nicht das erste Mal. Da muss ma doch was sag’n.“ Dann legt sie mir die Hand auf die Schulter und schüttelt mich sanft. „Wenn er noch einmal so was macht, dann läufst gleich davon und kommst gleich zu mir. Brauchst keine Angst haben, der tut jetzt nix mehr. Oder magst gleich mit mir mitgeh’n?“, aber ich schüttle den Kopf und denke, dass ich an allem Schuld bin und dass die Tante Anni jetzt ganz bös‘ auf mich sein wird und ich jetzt weg muss.
Die Fanni nimmt die volle Weihrauchkasse, legt sie in ihre Markttasche und geht zur Tür. „Anni, des Geld nehm‘ ich mit. Wir rechnen morgen ab. Und wehe, der ist dann noch da!“ Damit schmeißt sie die Tür ins Schloss. Ich höre noch ihre schnellen Schritte auf der Treppe und möchte am liebsten mitlaufen, weglaufen, nicht mehr da sein.
Die Anni ist mit dem Paul in unser Schlafzimmer gegangen und schreit ihn an: „Wieso langst du sie an? Dann brauchst mich aber nimmer anlangen, wenn du sie anlangst, verstehst mich. Du langst sie an und mit mir hast was, du Saukerl. Schamst dich da nicht?“ Der Paul schreit etwas zurück, was ich aber nicht ganz verstehe. Irgendwas mit „Hab sie net ang‘langt“ und „Wo

die depperden Weiber immer hinschau'n" und „Lass' mich jetzt in Ruh'! Ich hau' sowieso ab." Dann fliegt die Tür auf, er nimmt seinen Ledermantel vom Haken und zieht seine Schuhe an, die wie immer blank geputzt sind. Er schaut' mich von unten herauf an und verzieht ganz leicht seine Lippen, als wollte er mich anlachen. Dann zieht er seinen Mantel an, schmeißt die Wohnungsschlüssel auf den Wohnzimmertisch und rennt aus der Wohnung, die Treppen herunter und über die Straße zum Wirt. Die Anni lehnt sich aus dem Fenster und sieht, wo er hingeht. Sie zieht sich auch ihren Mantel an und sagt zu mir, dass sie nicht glaubt, dass der Paul etwas von mir will, weil er doch mit ihr zusammen ist. Dann geht sie.

Diese Nacht habe ich nicht mit der Taschenlampe unter dem Bett gelesen, sondern alle Lichter angelassen. In meinem Kopf surrt ein unermüdlicher Motor: ‚jetzt musst du gehen. Sie werden dich in ein Heim stecken. Weil du daran schuld bist, was der Paul so macht und weil du nichts gesagt hast. Die Tante Anni wird dich nie mehr mögen', irgendwann bin ich dann eingeschlafen.

Als die Fanni am nächsten Tag läutet, wasche ich mich gerade in dem Schafferl mit der abbröckelnden Emaille. Die Anni sitzt mit verheulten Augen am Küchentisch und schnäuzt sich ständig in unzählige Papiertaschentücher, die über den ganzen Tisch verstreut sind. Der Aschenbecher ist randvoll mit Zigarettenkippen und auf der Wachstuchtischdecke sind ein paar neue kreisrunde Brandlöcher dazu gekommen.

Die Fanni steht mit ihrer großen Einkaufstasche und dem Geldbeutel von gestern mitten im Wohnzimmer: „Und? Ist er weg?"

Ich nicke und sage gar nichts. Sie schaut zur Anni hinüber, die den Kopf schüttelt und sich schon wieder eine Zigarette ansteckt. Die Fanni stellt die große Markttasche auf den Boden und legt den Geldbeutel mit dem Weihrauchgeld auf den Tisch: „Wos heißt des? Is er immer noch da?"

„Heut' Nacht hat er beim Felix g'schlafen, aber weg ist er nicht. Und ich kann das auch nicht, Fanni. Ich kann ihn nicht hinausschmeißen. Wo soll er denn hin, krank wie er ist. Gestern hat er fast keine Luft mehr kriegt beim Wirt. Geschüttelt hat ‚s ihn direkt." Die Anni schaut auf die Plastiktischdecke, auf der sich jetzt neben den unzähligen Brandlöchern auch noch ein Kaffeefleck immer mehr ausdehnt. Sie taucht einen Finger hinein.

„Ach, warst bei ihm, ja. Und g'schüttelt hat's ihn, ja? Vielleicht ist er auch schon im Delirium vor lauter Saufen, da schüttelts einem auch dauernd. Und sie, de Christa ...? Hast allein lassen, oder?“ Die Fanni spuckt ihr jetzt jedes Wort mitten ins Gesicht: „Bist eahm nachg'lauf'n zum Wirt, ja! Deinem armen Paul, der Drecksau! Der sich an einem Kind vergreift. Das'd dich net schamst.“

Schwer atmend setzt sie sich auf das Schlafsofa und greift zur Zigarettenschachtel, die auf dem Tisch liegt. Eigentlich hat die Fanni schweres Asthma, aber ohne Zigaretten kann auch sie nicht sein. Ihre Lippen sind ganz verkniffen und jeden Zug an der Zigarette muss sie sich erkämpfen, weil die angegriffenen Lungen keinen Rauch hereinlassen wollen. Manchmal werden ihre Lippen ganz blau, wenn sie sich so aufregt wie jetzt, aber das geht immer schnell vorbei.

„Und! Wo soll ‚s dann jetzt hin, wenn du ihn net raus schmeißt, weil's ihn so gschüttelt hat? Ich würd' mir Sünden fürchten, wenn ich du wär'. Wegen so einem Saukerl des Kind raus schmeiss'n ...“ Sie schüttelt den Kopf und schaut in meine Richtung. Ich habe mich ganz zurückgezogen, direkt neben den Ofen und schaukle mit dem Stuhl hin und her. Ab liebsten würde ich wegrennen und nicht hören müssen, was jetzt mit mir passiert, wo sie mich hintun wollen. Aber die Fanni redet einfach weiter: „Vielleicht tust du sie jetzt in a Heim? Jetzt, wo's d'Mama erst vor am Jahr verloren hat. Soll's jetzt vielleicht in a Heim? Aber wahrscheinlich is a Heim immer noch besser als wie da bei dir da und deinem Saubär'n.“

Die Anni schaut die Fanni mit verschwollenen Augen vorwurfsvoll an: „Na, natürlich tu ich s'Christerl in kein Heim net. Sie muss halt jetzt weg, erst mal. Das versteht sie schon.“ Dabei schaut sie hilflos in meine Richtung. „Oder? Was soll ich denn sonst machen?“ Wieder wandert die Hand zu der Zigarettenschachtel, die mittlerweile auch von der Fanni dauernd frequentiert wird. „Vorhin hab' ich den Kurt angerufen. Der hätt' in seiner Wohnung noch a Kammerl, wo's erst mal wohnen könnt'.“ Eine Weile wird es ganz still im Wohnzimmer. Nur die Rauchwolken werden dichter. Die Fanni räuspert sich. „Ach, den Kurt hast angerufen. Und da soll's jetzt hin?“

Die Anni nickt: „Und die Hilde mag des Christerl ja ganz gern, auch wenn's net von hier ist, die Hilde. Die passt auch auf, dass der Kurt nicht so viel

trinkt. Und der Axel ist auch noch da." Und nach einer Pause: „Sie kommen gleich mit dem Auto und holen uns ab."
Die Fanni sagt jetzt nichts mehr, sondern schüttet das Weihrauchgeld auf den Tisch und fängt zu zählen an. Als sie fertig ist, schreibt sie alles auf ein Stück Papier und schiebt es zur Anni rüber.
„Da fahr' ich mit, zum Kurt, das weißt schon. Weil, du kannst ja nimmer richtig denken vor lauter ..., ich hätt' den Gustl hochkantig naus gschmiss'n, wenn so was passiert wär, aber …", sie macht eine wegwerfende Handbewegung, nimmt das Geld und teilt es auf. „Und, wo sind ihre Sachen? Hast scho einpackt? Oder willst das mit nix wegschick'n?"
Ich sage nichts mehr, sondern hole meine Sachen aus der Herrenkommode und dem Kleiderschrank. Ein kleiner Koffer reicht für alles. In meinem Kopf dreht sich alles, aber ich denke auch, dass der Kurt der Sohn von der Anni ist und ich damit nicht so weit weg bin von ihr und dann doch noch am Markt bleiben kann.
Als genug geredet ist und meine wenigen Habseligkeiten gepackt sind, warten wir auf den Kurt und sein Auto. Für die Anni sind diese Autofahrten mit ihrem Sohn eigentlich eine Überlebensübung. Sie hat natürlich keinen Führerschein und fährt meistens mit dem Taxi, wenn sie nicht gerade mit dem Kurt fahren muss, der seiner Mutter jedes Mal zeigen muss, wie schnell sein Auto fahren kann. So viele Autos gibt es noch nicht auf den Straßen. Aber hin und wieder begegnet einem doch das eine oder andere und dann zeigt der Kurt seine Fahrkünste. In der Stadt gibt es keine Geschwindigkeitsbegrenzung und er brettert mit seinem Opel Kapitän durch die manchmal sehr engen Straßen. Die Fanni meint dazu, wie eine gesengte Sau, weil man einer Sau nach dem Schlachten die Borsten absengt und - wäre sie noch am Leben - sie wie eine arme gesengte Sau vor dem Kurt und seinem Opel Kapitän davonrennen würde.
Wenn die Anni neben oder hinter ihm in seinem Auto sitzt, klopft sie ihm pro Kilometer mindestens zwei- bis dreimal auf die Schulter: „Kurti, fahr' nicht so schnell!"
„Geh, Mama, ich fahr' doch gar nicht schnell." Gerade überholt er auf der engen Baaderstraße einen langsam vor sich hin träumenden und singenden Lloyd Standard, der bei dem Manöver plötzlich aufwacht und sich gerade

noch an den Fahrbahnrand drückt, bevor ihm der Kurt den Blinker mitnehmen kann, den er gerade ausgefahren zum Linksabbiegen hat.
„Freilich fahrst zu schnell. G'rad hast überholt. Der Fahrer von dem kleinen Auto ist ganz blass drin gesessen. Der wollt' ganz woanders hin und jetzt hast ihn fast auf den Gehsteig hinauf g'schoben. Wenn'st nicht so schnell fährst, kriegst von mir einen Zehner." Den nestelt sie auch gleich aus ihrem Geldbeutel heraus und drückt ihn dem Kurt während des Lenkens und Schaltens in die Hand. Der Kurt, der das schon kennt, steckt den Zehner unauffällig ein und fährt zivilisierter weiter. Aber nach ein paar Metern wird das Auto schon wieder schneller und die Anni rückt ihm wieder auf den Pelz. „Kurt, jetzt fährst schon wieder so schnell, so schnell wie vorher. Und da vorn kommt schon wieder ein Auto dagegen. Das ist viel größer als der von vorhin. Jetzt fahr' halt langsamer, verdammt noch mal! Es pressiert uns doch gar nicht." Dann nestelt sie wieder in ihrer Tasche und schiebt ihm noch einen Zehner in die Hand, die sofort in der Hosentasche verschwindet. „Dafür hätt' ich den ganzen Tag mit dem Taxi um den Marienplatz herumfahr'n können und es wär' immer noch billiger gewesen wie mit dir. Und meine Nerven hätt' ich auch g'schont."

Die Hilde ist zu Hause, als die Tanten mich abliefern. „So schnell ist er wieder g'fahr'n, der Kurt", murrt die Anni und die Fanni stellt meinen kleinen Koffer in das Wohnzimmer und geht durch die Wohnung. „Und wo soll's jetzt da schlafen?" Die Hilde öffnet die Tür zu einem winzig kleinen Kammerl, das direkt zur Küche ein Fenster als Durchreiche hat. Nur ein kleines Bett hat Platz und ich bezweifle, ob ich meine langen Beine samt großen Füßen da noch unterbringe.
„Bloß a Bett, sonst gar nix? Nicht einmal a Stuhl für ihre Sachen? Und wo kommen dann die Kleider und die Wäsche hin?" Die Fanni gibt der Anni einen Rempler, dass sie fast das Gleichgewicht verliert. „Hast du dir das ang'schaut überhaupt? Das ist kein Zimmer, sondern die Speis'. Da gehören die Kartoffel rein und kein Bett."
Die Anni schiebt die Fanni an der Tür zum Kammerl vorbei, die eigentlich gar keine richtige Tür ist, sondern irgendwas zum Hin- und Herschieben, wie bei einem Schrank.

„Des geht schon mal. Wo hab'n wir denn schon überall schlafen müssen? In der Fabrik neben dem Tabak hab‘ ich g'schlafen, wie die Amerikaner mich ausgebombt haben. Mich und meine Kinder.“ Da kommt wieder so ein verdächtiges Glitzern in ihre Augen und die Fanni weiß genau, dass jetzt resolutes Vorgehen angesagt ist. „Dich haben's net allein ausgebombt. Die andern schon auch. Aber ein Zustand ist des net, mit dem Christerl da. Die braucht schon a Zimmer. Schon wegen dem Axel, damit der net auf dumme Gedanken kommt. Erwachsen ist der schon fast, schaut aus wie ein Mann und an Bart kriegt er auch schon. Dann kommts nämlich vom Regen in die Trauf‘ mit dera ganzen Schlechtigkeit.“
Die Hilde ist mittlerweile in das Wohn- und Elternschlafzimmer vorausgegangen und hat den letzten Satz gerade noch mitgehört. „Von was für einer Schlechtigkeit redest du da, Fanni? Habt ihr mir da etwas nicht erzählt?“ Sie dreht sich um und misst die beiden Frauen mit einem ernsten, fragenden Blick. „Ist was mit dem Paul gewesen, Anni? Muss sie deswegen weg? Wenn da irgendetwas ist, will ich nichts damit zu tun haben. Hernach kommt uns noch die Polizei in die Wohnung. Der Kurt würde ausrasten, wenn er da was erfährt.“ Die Aufregung treibt ihr die Farbe in das Gesicht und das sonst so kühle und distanzierte Auftreten verändert sich zusehends in Unsicherheit und Angst.
„Da war nix. Sie muss a net weg von mir. Es ist halt so eng bei uns, des weißt du doch. Und der Paul muss die ganze Zeit auf dem Kanapee schlafen. Der möchte‘ halt auch mal gern in a richtig's Bett mit seine langen Hax'n.“ Die Anni lacht ein raues kurzes Lachen und schaut an der Fanni vorbei, die direkt neben ihr steht und ihren Lügengeschichten mit verkniffenem Gesicht folgt. „Jetzt reg‘ dich wieder ab! Kriegen wir jetzt vielleicht mal einen Kaffee oder sonst was?“
Aber die Hilde ist nicht beruhigt, sondern regt sich immer mehr auf, während sie das Kaffeewasser aufsetzt. „Das war immer schon eng bei dir, Mutti. Und jetzt plötzlich merkt ihr das?“ Der Sicherheitsschalter am Gasofen lässt sich nicht richtig eindrücken und die Flamme geht immer wieder aus. „Und der Kurt hat euch das geglaubt? Nie im Leben.“ Endlich bleibt die Flamme konstant und sie kann den Kessel aufsetzen.
„Leck‘ mich doch!“, murmelt die Anni, aber leise.

Darauf sagt die Hilde nichts mehr, sondern zeigt mir den großen Schrank, der im Wohnzimmer gegenüber der Doppelbettcouch steht, die tagsüber zum Sofa umgebaut wird. „Deine Sachen müssen wir in unseren Kleiderschrank hängen. Das wird schon gehen." Ihr strenges Gesicht wirkt jetzt müde und abgespannt, aber die roten hektischen Flecken sind immer noch da. Aus dem kleinen Koffer, der offenbar niemals größer wird in meinem Leben, nehme ich die wenigen Kleidungsstücke und hänge sie ordentlich auf. Für die Wäsche macht Hilde ein kleines Fach frei, sodass ich auch die wenigen Untendrunter-Sachen unterbringe.

Immer wieder erzählen sich die Tanten, dass die Ehe mit dem Kurt und der Hilde nicht so richtig funktioniert, weil die Hilde als „Preissin" einfach hier nicht hergehört und außerdem ganz andere moralische Ansichten hat als unsereiner. „Die nehmen alles viel ernster und leben ganz anders", sagen sie dann. Was genau sie damit meinen, sagen sie nicht und ich bin fast sicher, dass sie es selbst auch nicht so genau wissen. Aber die Hilde ist in diesem Bayern gelandet und versucht das Beste daraus zu machen. Der immer betrunkene Ehemann, die Sehnsucht nach der Heimat, das Anderssein, das Preussische, das Unverstandene und dann auch noch die Probleme mit unserer, der bayerischen Sprache. Sie ist in Mühlheim geboren, wo man nur astreines Hochdeutsch spricht. Der bayerische Dialekt kann nicht fremder sein und vor allen Dingen sind die derben Kraftausdrücke der Marktleute ihr Verhängnis. Bis heute weiß sie nicht, warum eine „oide Loas" (oberbayrisch „L oa s" und niederbayrisch „L uoa s") ein Mensch ist, der sich vorzugsweise nicht oder gar nicht wäscht und mit tiefschwarzen Fingernägeln herumläuft, aber nicht unbedingt alt sein muss. Denn das „oide" steht in diesem Fall pädagogisch gesehen für immerwährend, unbelehrbar.

Mit den Nachkriegskopfläusen hat die „oide Loas" nur insofern was zu tun, dass man die „Laus" als Synonym für Schmutz schlechthin versteht, weil sie auf den vielleicht ungewaschenen Nachkriegsköpfen herumgelaufen und von einem zum anderen gesprungen ist, bevor sie in einem engmaschigen Lauskamm entdeckt und gekillt wurde. Andererseits ist auch heutzutage das eine oder auch andere Schwein nach dem Volksmund eine „oide Loas", obwohl es so gut wie keine Kopfläuse mehr gibt. Allerdings kann man sich nie sicher sein, ob hier von einem unserer wundervollen, sauberen, intelligenten

Hausschweinen namens „Resi“ die Rede ist oder ein angeschmutztes Kind aus dem Volke mit dem wohlklingenden deutschen Vornamen Jaqueline, Nicole oder Michelles gemeint ist.
Man stelle sich ein Gehöft im bayerischen Tiefland vor. „Kumm amoi her, Jaqueline, du oide Loas“, schreit da die tiefländische bayerische Mama das ungewaschene Töchterchen an. Und das klingt weit weniger charmant, als wenn damit das verdutzte Hausschwein „Resi“ gemeint ist.

Seit zwei Wochen lebe ich jetzt bei der Hilde, dem Kurt und dem Axel. Doch ich vermisse den Markt und den Marienplatz. Nach der Schule muss ich jeden Tag sofort in mein neues Zuhause und kann nicht zum Blumenstand laufen, damit die Luise schnell mal auf die „Tola“ gehen kann. Aber das Essen steht fast immer pünktlich auf dem Tisch und zum ersten Mal seit dem Tod meiner Mutter werde ich irgendwie regelmäßig ernährt und beaufsichtigt. Auch deswegen möchte ich wieder so gern zurück zur Anni, weil ich das nicht mehr so gewohnt bin. Aber sie wird den Paul nicht wegschicken wollen wegen mir, denke ich und frage lieber nicht nach.
Wenn ich nach Hause komme, muss ich jetzt immer meine Schularbeiten machen und auch noch der Hilde zeigen, auch wenn sie nicht immer alles versteht. Aber sie spricht gutes Deutsch und kann auch rechnen, was nicht so ganz meine starke Seite ist. Beim Englisch fragt sie mich die Vokabeln ab und von Buchhaltung hat sie selbst Ahnung und kann mir einiges zeigen, auch wenn ich es gar nicht wissen will.
Meine große Liebe gehört der deutschen Sprache und der Literatur, die sogar ein eigenes Fach in meiner Schule belegt. Bei der Rechtschreibung schlage ich mich allerdings mehr schlecht als recht mit Substantiven und Adjektiven, Singular und Plural, Nominativ bis Akkusativ herum, deren Bedeutung ich von Mal zu Mal vergesse. Aber das geschriebene Wort in den vielen Gedichten und Geschichten, die wir lesen und auch selbst verfassen dürfen, ist meine ganze Freude und entschädigt mich für die vielen Versager in den anderen Fächern, die ich fast täglich produziere.
Zu meinen Lieblingsfächern gehört auch Stenografie und Schönschrift. Fantastisch, wie schnell man schreiben und damit auch ungebremst denken kann. Ich bin eine der Schnellsten in der Schule (fast das einzige Fach, in dem

man meine Stärke klassenweit auch anerkennt) und schaffe es sogar noch problemlos bis zur richtigen Eilschrift mit noch kürzeren Kürzeln. Auch in Schönschrift stelle ich eine gewisse Meisterschaft unter Beweis, indem ich in alle Richtungen, Höhen und Breiten - je nach Befindlichkeit - schreibe und mich wie ein Chamäleon jeden Tag zumindest schriftlich von einer anderen Seite zeige. Diese Begabung ist meinen Lehrern nicht ganz geheuer. Unterstreicht es doch meine unsichere Herkunft und die vielen Gene, die in meinem Inneren herumschwirren mögen und von denen man nicht weiß, wo sie ihren Ursprung haben. Vor allen Dingen bin ich der Religionslehrerin ziemlich suspekt. Eine Mutter, die sich umgebracht hat, kann eigentlich mit keinem normalen Kind gesegnet sein, denkt sie vermutlich in sich hinein und lässt gelegentlich ihrem katholischen Forscherinstinkt freien Lauf, indem sie mich in Glaubensfragen prüft und mein ungläubiges Nichtwissen und vor allen Dingen Nichtwissen über die Maßen vorurteilt.

Ich habe keine Freundinnen in der Klasse, obwohl ich gern möchte. Die eine oder andere redet manchmal mit mir, aber in Wirklichkeit sind sie nicht besonders scharf auf mich. Außerdem fällt es mir schwer, verständlich zu reden. Am schlimmsten ist es, wenn ich mich im Unterricht melde, weil ich etwas weiß oder wenn ich aufgerufen werde. Dann rede ich so schnell, dass mich keiner versteht und alle zu lachen anfangen. Alle Wörter wollen immer auf einmal aus mir heraus und ich gerate dabei völlig außer Atem. Manche Lehrer versuchen mich zu beruhigen, aber einige schauen mir direkt auf den Mund und bringen die Wörterfontäne, die aus mir herausspuckt, erst richtig in Bewegung. Besonders Frau Dr. Grubmüller, die immer schwarz angezogen ist und mit ihrem langen Rock wie ein Königspinguin herumwatschelt, steht wie ein Racheengel vor mir, wenn ich mühsam versuche, meine Gedanken nacheinander zu formulieren, obwohl sie sich unter meiner Zunge chaos- und feldzugmäßig zum Sturmangriff formieren. Dann weicht sie wie von einem Monster angegriffen ein paar Meter zurück. „Schrecklich, was du als junges Mädchen für eine Sprache hast. Nimm‘ dich gefälligst zusammen! Man versteht ja kein Wort.“

Dann lachen wieder alle und ich setze mich wütend auf meinen Platz, wobei in meinem Inneren jetzt ganz andere Ausdrücke aus dem Wortschatz meiner Tanten Gehör finden, die ich aber vorsichtshalber für mich behalte.

Mittlerweile hat die Hilde beschlossen, dass ich nicht immer in der kleinen Kammer schlafen muss, damit ich das Gefühl habe, zur Familie zu gehören. Ein Wochenplan wird aufgestellt und jeden Tag ziehen der Kurt, der Axel und ich zu einem anderen Schlafplatz, was auch mit Schwierigkeiten verbunden ist. Vor allen Dingen der Kurt vergisst manchmal, dass er nicht bei seiner Frau auf der Doppelbettcouch im Wohnzimmer wochenplanmäßig eingetragen ist, sondern dass heute Kammerlnacht für ihn ist. Doch der auch in seiner vollen Manneskraft stehende Kurt ist dem einfach nicht gewachsen. Eines Nachts kommt er schwer angetrunken nach Hause und ich liege turnusmäßig neben Hilde in seinem Bett. Für ihn ist „Kammerltag". An diesem Tag ist ihm das aber zuwider, vor allen Dingen ich. So ergibt sich eine laut geführte Unterhaltung, währenddessen ich mich tot stelle, alle Augen schließe und fast nicht mehr atme.
Kurt: „Ich will in mein Bett!"
Hilde: „ Du schläfst heute im Kammerl!"
„An Scheißdreck schlaf' ich im Kammerl. Wegen dem Schratz'n derfat ich net zu meiner Frau. De andere soll sich schleichen."
Mir bleibt das Herz stehen und ich kneife meine Augen ganz fest zusammen, damit sie ihre Höhlen nicht verlassen können.
„Schrei' nicht so, sonst wacht sie auf!", flüstert die Hilde, aber ich liege wie eine Leiche neben ihr auf der Doppelbettcouch und rühre mich nicht.
„Jetzt derfat i net einmal mit meiner Frau vögeln …", der ganze Mann schwankt, als würde er auf dem Chiemsee lustwandeln und bewegt sich in Richtung Bett. Hilde hat sich jetzt aufgerichtet und begutachtet ihre betrunkene und bessere Hälfte, die jetzt bedrohlich näher kommt. Ihre dünnen Lippen hat sie zusammengekniffen und die Oberlippe leicht verächtlich - wie die Fanni manchmal - nach oben geschoben: „In deinem Zustand … vögeln, ja? ... lachhaft!" Ihr Blick wandert über seinen Körper. „Und jetzt lass uns in Ruhe! Geh ins Bett und mach das große Licht aus!" Damit legt sie sich wieder hin und dreht sich auf die Seite, ohne ihn noch eines Blickes zu würdigen. Sekunden später wird es dunkel und man hört nur noch schlurfende Schritte, die sich allmählich entfernen. Die Kammerltür wird auf und zu geschoben, das Bett quietscht in allen Sprungfedern und es wird wieder Nacht. Allmählich kehren meine Augen in ihre Höhlen zurück. Mein Herz wum-

mert wie der tiefe Schlag einer überdimensionalen Glocke, die ihren Körper zerbrechen möchte. Langsam fange ich an, meine steifen Glieder leise zu bewegen und versuche, wieder ruhig zu atmen. Von Hilde höre ich noch ein leises Aufseufzen und ein wenig später tiefe ruhige Atemzüge. In meinem Kopf rotieren die Gedanken und werden immer mehr zu einer Gewissheit. Die nächste Nacht ist wieder meine „Kammerlnacht“ und bleibt es bis zu meinem Auszug ein paar Wochen später.
Das Wort „vögeln“ höre ich relativ selten von meinen Tanten, aber immer wieder an den Biertischen oder von den vielen Freunden der beiden. Jedes Mal, wenn dieses Wort fällt, fallen meine beiden Tanten fast in Ohnmacht und legen den Zeigefinger auf den Mund. „d'Schindeln san am Dach“, heißt es dann und so wie es aussieht, bin ich so eine Schindel. Jedenfalls verstummen dann sofort alle, wenn sozusagen „d'Schindeln am Dach“ sind, also ich da bin. Man könnte sich vorstellen, dass ein komplett eingedecktes Haus (früher hat man die Dächer mit Holzschindeln gedeckt) auch bedeutet, dass alle im Haus sind, auch die Kinder. Und vor denen gibt es den Ausdruck „vögeln“ einfach nicht, auch wenn er vom Wortstamm und laut Google eigentlich nur „Vogel fangen“ heißt (neben dem „Begatten“ natürlich).
Seitdem mich meine beiden Tanten aber aufgeklärt haben, verstehe ich das Wort „vögeln“ schon gar nicht mehr. Eines Tages ist es nämlich soweit und sie sind der Auffassung, dass ich nun alles erfahren müsste, wie das so ist mit Mann und Frau.
„Also Christerl (das ist mein Kosename für besondere Situationen), wenn ein Mann mit einer Frau zusammenkommt, dann ...“, Anni sucht nach Worten.
„Jetzt mach's doch nicht so spannend!“, sagt die Fanni aufgeregt. „Das ist doch ganz einfach.“ Sie überlegt einen kurzen Moment: „Also, es ist so. Der Mann hat was und die Frau hat was.“
„Was?“, frage ich.
„So eine blöde Frage. Sie hab'n halt was.“, mischt sich die Anni ein.
„Das stecken sie dann zusammen, gell“, sagt sie und schaut zur Fanni. Die Fanni nickt: „Eigentlich schon.“
„Ach so!“, sage ich.
Ob Axel, der Sohn der Familie, schon weiß, was „vögeln“ bedeutet, glaube ich eigentlich nicht. Aber manchmal grinst er so eigenartig, wenn sein Vater

Andeutungen macht. Er ist etwas älter als ich und bekommt schon einen Flaum am Kinn. Jedenfalls tut er so, als müsste er sich demnächst rasieren. Außerdem fängt er an, mich näher zu betrachten und schielt manchmal vom „Kammerlfenster“ aus in die Küche, während ich mich in Ermangelung eines Badezimmers in einem kleinen Zuber wasche. Er hat mich gefragt, ob ich ihm meines zeigen würde, dann zeigt er mir auch seins. Aber dazu ist es nicht mehr gekommen, nachdem uns die Hilde erwischt hat, während ich im Nachthemd in seinem Zimmer vor Aufregung mit einem Staublappen herum wedelte und gerade dabei war, das Seinige zu besichtigen. Das ebenfalls aufgeregte und hoch aufgerichtete Erdmännchen, das ich zu sehen bekam, verschwand aber sofort nach Hildes Auftritt in der Versenkung. Gepfiffen hat es allerdings nicht.

Seit diesem Vorfall ist das Ende meiner Kammerlzeit abzusehen. Für die Hilde bin ich seitdem nicht mehr das Waisenkind, das zu bemuttern ist, sondern in erster Linie das heranwachsende Weib, das ihren Sohn mit einem Staublappen im Nachthemd fast verführt hat. Seitdem vernichtet sie mich mit ihren preußischen Blicken und moralischem Gedankengut. Der tägliche Umzug von einem Bett zum anderen ist auch gestrichen und ich fange an, dieses Kammerl allmählich zu hassen. Außerdem schaut mich die Anni seit diesem Vorfall auch ein wenig von der Seite an. Nur die Fanni findet das alles einen Oberschmarrn und hält der Hilde einen Vortrag über kindliche Neugierde.

„Hast du vielleicht net Doktor g'spielt als Kind? Das tun alle, weil's neugierig sind. Und dei Axel is a net das Unschuldslamm, wie's d'ihn hinstellst. Der wollt' auch hinschau'n. Als wenn des Christerl auf den Axel scharf wär'. Die weiß doch noch gar net, dass es zweierlei Leut gibt.“

Ein paar Tage später sitze ich wieder im Auto vom Kurt zusammen mit der Anni, der Fanni und meinem Koffer. Dieses Mal fährt der Kurt langsamer oder die Anni merkt nicht, dass er schnell fährt. Jedenfalls wechselt kein Geldschein den Besitzer und die Tanten sitzen mehr oder weniger stumm im Fonds nebeneinander, während ich mich auf dem Beifahrersitz herumdrücke. Mittlerweile fällt es mir selbst auf, wie ich mich immer mehr zusammenziehe und krumm werde. Meine langen Arme baumeln wie von einem fremden Planeten neben mir und die Schultern hängen nach vorne, als würden sie mir

zu schwer. Unentwegt starre ich auf den Boden, als fände ich dort mein Leben oder eine Familie. Das allein sein müssen mit mir, tut mir nicht gut und ich merke, wie es mir immer schwerer fällt, an Menschen heranzukommen, damit sie mich mögen.
Von hinten höre ich ein Feuerzeug klicken und Zigarettenrauch hüllt uns ein. „Gib‘ mir auch eine, Mama!“ Wieder klickt das Feuerzeug und eine brennende Zigarette wird wortlos von hinten nach vorn gereicht. „Wie lang bleibt’s dann bei der Fanni, Mama? Und dann, wenn der Gustl wieder heimkommt nächste Woche? Was machst dann mit ihr?“
„Keine Ahnung!“
Der trockene Husten von der Fanni rüttelt in die Stille. „Der Gustl is‘ jetzt erst mal bei seine Leut‘ in Niederbayern und wann der wieder kommt, bestimm‘ immer noch ich.“
„Schon, aber nausschmeißen auf die Dauer kannst ihn auch net“, die Anni drückt die Zigarette im Aschenbecher aus, der in der hinteren Türe seitlich eingebaut ist und schon überquillt, „Irgendwann kommt der wieder und dann ...“, sie beendet den Satz nicht und ich krieche aus mir heraus. „Ich geh in ein Heim, dann brauch ich keinen Platz mehr bei euch. Ihr mögt‘s mich ja sowieso alle net.“ Es drückt mir fast die Luft ab und ich kann selber kaum hören, was ich da sage. Aber ich merke, wie mir die Tränen innerlich den Hals heraufkriechen und ich sie nicht mehr zurückdrängen kann. Stoßweise kommt das Weinen aus mir heraus und verschluckt meine Stimme, die jetzt voller Wut aus mir herausschreit und die niemand hört.

In der Westenrieder Straße hat die Fanni das kleine Appartement in das ich jetzt einziehe. Der Kurt lässt uns aussteigen. „Servus Mama“, sagt er noch und würdigt weder die Fanni noch mich eines weiteren Blickes.
„G‘scherter Kerl, g‘scherter. Den hätts’t a schon im ersten Badewasser ersaufen sollen, den Kurt“, sagt die Fanni zur Anni und öffnet die Wohnungstür. Das Appartement von der Fanni ist wirklich klein, aber zweckmäßig eingerichtet. Eine Doppelbettcouch mit Tisch und zwei Stühlen, eine kleine Küchenzeile und ein Badezimmer mit einem Waschbecken und einer Sitzbadewanne, die nicht viel Platz braucht. Der Kleiderschrank steht im Flur. Platz für meine Sachen ist dort nicht mehr. Vor allen Dingen auch schon,

weil die vielen übergroßen Anzüge und Hemden von dem Gustl dort hängen. Fannis Kleiderabteilung ist viel schmaler.
Ich schlafe jetzt mit auf der Doppelbettcouch und nicht mehr in irgendeinem Kammerl. Nachts steht die Fanni öfter auf und hustet sich die Seele aus dem Leib. Dann raucht sie wieder eine Zigarette, aber sie ist dabei immer ganz leise, damit ich nicht aufwache. Doch ich wache jetzt auch oft nachts auf, weil ich neuerdings immer auf dem Kopf schlafe, wie die Fanni sagt. „Du machst fast an Kopfstand im Bett, weißt du des eigentlich? Dann fallst um und wachst auf. So was hab‘ i noch nie g‘sehen.“
Manchmal reden wir ganz lange miteinander, wenn die Fanni am Abend nach Hause kommt und ich mit den Hausaufgaben fertig bin. Seitdem ich bei ihr wohne, geht sie am Abend nicht mehr in die Wirtschaft. Sie holt höchstens beim „Sollerwirt“ etwas zum Essen, damit sie nicht kochen muss. Und dann erzählt sie mir lustige Geschichten über ihren Tag. Aber wir reden auch viel über meine Mutti.
„Weißt du Christerl, deine Mama, des Reserl war a ganz a sensible war des. Die hat immer g’weint und wie du auf die Welt kommen bist, hat ‚s auch g‘weint, des Reserl. Des war beim Luftangriff im Oktober. Da bist du auf de Welt kommen mitten im Luftangriff. Dann bist net raus kommen und sie hab’n dich holen müssen mit der Zange. Ich hätt‘ da auch nicht raus wollen in so eine Welt.“ Dann schweigt sie wieder und schaut mich an mit ihren blitzenden Augen.
„Aber sie hat dich gern g’habt, deine Mama. Das darfst du nie vergessen, auch wenn des alles passiert ist. Aber du hast so viel g’schrien, immer nur g’schrien als Baby. Und dann hat ‚s dir auch noch den Popo mit dem heißen Wasser verbrennt. Und dann wärst du fast g’storb’n und die Anni hat ihr fast eine runterg’haut. Sie war halt auch a bisserl dumm, des Reserl, dei Mama.“
So redet sie mit mir manchmal in diesen Tagen. Wenn sie von meiner Mutti erzählt, kriegt sie ganz nasse Augen und ich merke, dass ihr das ganz arg ist. Aber sie redet mit so viel Wärme, dass es mir innerlich richtig gut tut und ich manchmal das Gefühl habe, dass sie mir erklären will, wie alles wirklich war, damit ich nicht mehr so allein bin und später einmal, wenn ich erwachsen werde, alles verstehen kann. Sie erzählt mir auch von meinem Vater, den sie gekannt hat. Und dass er wahrscheinlich gar nicht der Mann

ist, der im Krieg geblieben ist. „Des war nicht dein Vatta, der Karl. Des glaub‘ ich einfach net. Da war’n die zwei ja schon g’schieden. Der ist mit einer Holländerin beinand g’wesen und war schon von deiner Mama weg. Dein richtiger Vatta war so ein fescher Mensch, aber ein Hallodri. Der hat dich als ganz kleines Mäderl immer auf’n Schoß sitzen lassen und hat jedem erzählt, dass du sein Deandl bist. Aber er war halt a Zuhälter und des Reserl ist auf ihn reing‘fallen. Wenn ich wissen tät, wo er jetzt ist, dann solltest fast hingeh’n zu ihm. Der weiß bestimmt net, dass die Mama tot is. Und das tut ihm bestimmt auch leid, das mit dem Reserl ...“, dabei wischt sie sich wieder ein paar Tränen aus den Augenwinkeln.
Ich verstehe nicht alles, was die Fanni mir erzählt. Auch von „Zuhältern“ weiß ich nur, dass der Gustl, der Freund von der Fanni früher einer war und die Tante Anni mich manchmal mit Blumen zum „Sollerwirt“ schickt, die ich dann dem Felix oder dem Georg bringen muss für ihre Frauen und dass sie mir immer ein Trinkgeld geben. Und dass sie manchmal mit ihren Frauen beim „Sollerwirt“ sitzen und ich mir dabei wie das hässliche Entlein höchst persönlich vorkomme, weil diese Frauen so schön sind. Der eine, der Felix, ist besonders nett. Einmal sind wir mit ihm und seiner Frau in den Tierpark gefahren. Der Felix hat seiner Frau nur Komplimente gemacht und sie hat gesagt, dass sie es nur mit Gummi täte. Das habe ich auch nicht so richtig verstanden.

Heimkommen

Ein paar Wochen schon bin ich bei der Fanni und die Anni ist mit dem Paul zusammen. Wo ich in Zukunft sein werde, weiß eigentlich niemand. Sie warten einfach alle darauf, dass ich erwachsen werde oder vorher eine göttliche Fügung schicksalhaft eingreift. Und das tut sie, die Fügung. Sie stellt sich meiner Tante Anni in den Weg, als ich gerade mit ihr am Markt unterwegs bin.

„Ja mei, sind Sie nicht, na, bist du net ... ja mei, die Bianca?“ Ein Aufschrei erschreckt die Viktualienmarkt-Passanten, als die Anni vor einem Obststand eine alte Schulfreundin namens Bianca erkennt. Die so angesprochene Dame dreht sich erstaunt um: „Was haben Sie gesagt? Meinen Sie mich?“ Dunkle, forschende Augen begutachten erst meine Tante und dann meine Wenigkeit. Mich überfällt das Gefühl, hier und jetzt auf der Stelle in den Erdboden versinken zu wollen und weiß eigentlich nicht, warum.

„Mei, die Bianca!“, schreit meine Tante noch einmal und wieder drehen sich die Passanten nach uns um. „Dass ich dich hier treffen muss, ausgerechnet jetzt!“ Die Anni besinnt sich in diesem Moment nicht nur der Wirkung ihrer sich überschlagenden Stimme, sondern auch auf ihr eigenes großes schauspielerisches Talent der Körpersprache. Sie schlägt reaktiv die Hände vor das Gesicht, senkt leicht den Kopf und bebt ein wenig, sodass der Obsthändler ganz neugierig mitleidig auf diese Wiederbegegnungsszene schaut und seine Frau an der marktüblichen Schürze zupft, damit sie jetzt nichts verpasst und die Kartoffeln später aus dem Keller holt.

„Das ist doch … die Anni!?“ Die Dame mit dem Namen Bianca schüttelt ungläubig den Kopf. „Mein Gott, die Anni!“, sie beugt sich zu meiner Tante hinunter, die jetzt mindestens einen Kopf kleiner wirkt, als sie tatsächlich ist. „Ja so was, du? Das freut mich aber!“ Und nach einem weiteren forschenden Blick auf die kleine bebende Gestalt: „Wie geht es dir denn? Wir haben uns ja Jahrzehnte nicht mehr gesehen.“

Sofort reagiert die große Mimin vom Viktualienmarkt, wird noch ein bisschen kleiner und hebt das nun Tränen überströmte und von der eigenen Rührung übermannte Gesicht empor zu der Gestalt gewordenen Fügung namens Bianca, die ihr neben den anderen Engeln ganz sicher der Pater Rupert Mayer, ihr ganz persönlicher Hausheiliger just in diesem Moment geschickt hat. Und wie sie sie so anschaut, ist es ihr gar so, als sitzen sie wieder nebeneinander auf der Schulbank, die Bianca und sie. Vierzig Jahre rasen in Windeseile an ihr vorbei und längst vergangene Bilder tauchen zögernd auf. Dicke Zöpfe, freche Antworten, hölzerne tintenbefleckte Schulbänke, ein Brikett pro Schulkind zum Einheizen in den kalten Wintermonaten für den gusseisernen Schulofen, der im Klassenzimmer steht. Hunger, kalte Füße, abgerissene Schuhbänder, blutige Zehen vom Barfußlaufen. Und jetzt so eine wohlhabende Dame? Da kommt neben dem Neid auch ein wenig Misstrauen zum Vorschein.

„Bist gut verheiratet, gell? So eine stattliche Frau! Man könnt' fast nicht mehr glauben, dass du des bist, de Bianca …", schnell fängt sie den aufkeimenden Neid mit einem kurzen Schluchzer auf.

„Aber dass ich dich jetzt treffen darf, Bianca. Das ist ein Fingerzeig", flüstert sie und packt die Vorsehung direkt am Krawattel. Sie schluchzt weiterhin unnachahmlich und von der Schwere des Schicksals und sich selbst mehr als ergriffen in sich hinein.

„Aber Anni, was ist denn?", Bianca sieht uns beide abwechselnd an. Ich habe mich mittlerweile entschlossen, das epochale Schicksal, das meine Tante Anni gerade in ihren Händen hält, nicht zu gefährden und beobachte meine Füße, als die Anni gerade wieder aufblickt und mich nach vorn und direkt neben sich schiebt. „Meine Schwester, Gott hab sie selig, noch so jung und des Deandl …", sie schiebt mich weiter in Richtung Bianca, „Des Deandl da, des ist ihre Tochter. Und jetzt hab' ich sie da. Wo soll ‚s denn hin? Und ich hab' keinen Platz und der Paul, mein Freu... mein Mann. Was soll ich denn machen?"

Unerbittlich rollen die Tränen direkt in das Herz von Bianca, die diesem Gefühlsdauerfeuer trotz ihrer figürlichen Stattlichkeit nicht mehr gewachsen ist. „Deine Schwester? Was ist ihr denn passiert?" Bianca hatte während der Schulzeit nie etwas von einer Schwester erfahren. Aber vielleicht habe ich es auch vergessen, denkt sie sich. Es ist so viel Zeit vergangen und so viel ist passiert. Aber, dass die Anni eine Schwester hat …?

Zwischenzeitlich wischt sich die Anni in Ermangelung eines Taschentuches die Tränen mit dem Schürzenärmel aus dem Gesicht und klagt nun mehr zu

sich als zur wieder gefundenen Bianca: „Meine Schwester, de Resi …“ Die Stimme wird jetzt ganz leise in tiefer eigener Trauer, „Das Leben hat sie sich genommen, Bianca, im letzten Jahr. Mit Gas vergiftet. Stell dir das vor. Vor den Kindern. Und jetzt hab‘ ich die Christa da. Die Christa, ihre Tochter. Und der Vater ist auch vermisst oder tot.“ Und im Flüsterton: „Dabei weiß man gar nicht, wer er war, der Vater. Der Mann ist ja schon eine Zeitlang im Feld vermisst und dann kommt erst des Kind daher.“
Vier Augen richten sich jetzt auf mich. Aber ich drehe den Kopf zur Seite, damit sie nicht merken, dass ich das verstanden habe. Seitdem die Fanni erzählt hat, dass mein Vater gar nicht mein Vater ist, sondern vielleicht einer der Zuhälter beim „Sollerwirt“, mag ich gar nicht mehr darüber nachdenken. Dann bekreuzigt sich die Anni und vergisst dabei die noble Bianca, mit der sie die ganze Zeit hochdeutsch gesprochen hat. „Mei lieber Herrgott, was du uns da angetan hast. A solchene Schand‘. I tät mir Sünden fürchten, wenn ich mein Kind ...“, mehr sagt sie dann nicht mehr und ich weiß nicht, ob sie jetzt dem Herrgott gedroht oder meiner Mutter in das Grab hinein eine Standpauke gehalten hat.
Bianca schüttelt den Kopf: „Das ist ja furchtbar Anni. Wie kann man sich denn das Leben nehmen, wenn man Kinder ...“ Sie schaut mich an und in ihrem Blick liegt ein sanftes Lächeln. „Ich muss mit dem Herbert reden; wir müssen das Kind deiner Schwester aufnehmen.“
Meine Tante Anni wagt diese Worte fast nicht zu hören und flüstert: „Was hast du da gerade g’sagt? Du willst das Christerl aufnehmen? Mein Gott, das wäre aber ein gutes Werk, das du da machen tätst.“ Vor lauter Aufregung holt sie aus ihrer großen Marktschütze eine Schachtel Zigaretten heraus und zündet sich eine an. Tief zieht sie den Rauch in ihre Lungen und Bianca hat das Gefühl, dass hier ein Felsbrocken von einer geplagten Seele gerade mit einem riesengroßen Satz weggesprungen ist.
„Der Herbert, ist das dein Mann? Ist sicher auch ein hochanständiger Mensch, gell.“ Und dann erzählt sie ihr auch noch die ganze Geschichte mit meinem verbrannten Hinterteil. Dieses Mal würde ich am liebsten in einem der berühmten Mauselöcher verschwinden, die nie da sind, wenn man sie braucht.
„Weißt du Bianca, das ist so ein armes Mädel. Grad vierzehn ist sie geworden und dünn ist sie. Sie isst ja a nix ... und ganz blass. Was hab‘ ich die

Resi immer geschimpft, weil das Kind immer so blass ist. Dann hat sie ihr den Hintern verbrennt auf dem eisernen Nachttopf, weil das Kind immer so geschrien hat, weil der Topf so kalt war. Da hat meine Schwester a heisses Wasser reingeschüttet ... Der ganze Popo ist verbrennt bei dem Kind. Dabei hat sie es gut gemeint, weißt du, damit der Topf nicht so kalt ist, Aber so ein Elend. Und du meinst, du hättest einen Platz bei dir? Wär' das eine Freud'!" Dann sind sie wieder auseinandergegangen, die beiden Freundinnen, und die Bianca hat ihr versprochen, dass sie ihr in den nächsten Tagen eine Nachricht zukommen lässt, wenn sie mit dem Herbert gesprochen hat. Und das ist dann auch so, denn ein paar Tage später muss ich bei der Fanni wieder ausziehen. Zum Abschied drückt sie mich ein bisschen, aber ich drücke nicht zurück, sondern schlucke den riesengroßen Klotz in meinem Hals, damit er mir nicht hochkommt.

Mit vielen guten Ratschlägen ausgestattet, bringt mich die Anni dann zu ihrer Schulfreundin Bianca und ihrem Mann Herbert in eine Kleinstadt vor den Toren Münchens. Wieder fährt uns der Kurt lange kurvenreiche dreißig Kilometer. Vor lauter Aufregung wird noch mehr geraucht als sonst und zwischen dem ständigen „Kurt, fahr' nicht so schnell!" und dem „Ja, mei, Mama, dann muasst mit dem Taxler fahr'n, wenn'st so viel Geld hast", zupft die Anni ständig nervös an ihrem Kostüm herum. Auch die Haare hat sie sich beim Friseur ondulieren lassen und die Fingernägel sind manikürt und lackiert, wobei die Friseuse erst einmal mit den entgegengehaltenen Fingern nichts anfangen konnte.

„Kannst mir die a bisserl herrichten?" Die knolligen, mit Rosendornenstichen und schrundigen Rissen übersäten Hände, deren Nägel teilweise eingewachsen, gespalten oder auch abgebrochen sind, stellen die grobnervige Friseurmeisterin vor ein ziemliches und fast unlösbares Problem. Nach einigen „Jetzt sei halt net so grob!" Zwischenrufen meiner Tante, nimmt sie einfach eine große Zange, zwickt alles ab, was sich in den Weg stellt, feilt alles in eine Richtung und auf die Nachfrage „Geht des net besser?" holt sie noch einen blassroten Nagellack vom Tresen und lackiert überall drüber.

Ich wurde in einen Rock von der Hilde hineingezwängt, die mit ihrer Wespentaille meine Bohnenstangenfigur noch unterbietet. Jedenfalls ist der Rock ziemlich eng. An meinen Schultern hängt eine weiße Bluse mit Rüschen, die

über dem Rock zipfelt. Außerdem musste ich auch zum Friseur und kam mit einer Dauerwelle in meinen kurzen dünnen Haaren wieder heraus. Jetzt ist meine Stirn noch länger und jeder sieht, dass ich Geheimratsecken habe. Ich glaube, ich sehe grauenvoll aus.
„In einer Stunde holst du mich wieder ab! Und dass du mir ja nicht zu viel trinkst, Kurt!“, ermahnt die Tante noch ihren Sohn, bevor wir uns aus dem Auto heraus zwängen. „Und komm‘ ja nicht herein. Untersteh‘ dich! Du brauchst auch nicht zu klingeln. Ich steh‘ dann schon vor der Tür.“
Bianca und Herbert gehören in der kleinen Stadt zu den Honoratioren. Sie sind beide hoch angesehen und bescheren der Kleinstadt, die eigentlich nur aus landwirtschaftlichen Höfen und einem Ortskern mit Einkaufsmöglichkeiten besteht, mit ihrer Fabrik für elektrotechnische Geräte ein ansehnliches Steuereinkommen und etliche Arbeitsplätze. Zudem ist er ein ständig forschender Wissenschaftler mit zwei abgeschlossenen Studien in Maschinenbau und Elektrotechnik und dem unternehmerischen Draufgängertum seiner Zeit. Einmal monatlich fährt er mit seinem großen eleganten Reisewagen aus dem Hause Daimler- Benz in das Patentamt nach München, um seine vielfältigen Erfindungen, wie zum Beispiel eine kleine dreieckige Personenwaage in der Größe eines kleinen Briefkuverts zu begleiten oder Verbesserungen bei seinen Messern zur Reifen-Runderneuerung anzumelden. Damit hat er sich einen florierenden Markt erobert.
Zusammen mit seinem Bruder Mollo betreibt er in Istanbul auch noch eine Handelsvertretung für seine Produkte. Daher stammen auch die eigenartigen getrockneten Fischrogen im Wachsmantel, die ich nicht riechen kann und die von ihm hauchdünn herunter gesäbelt werden, damit man sie sich auf der Zunge zergehen lässt.
Bianca arbeitet auch mit im Betrieb, zumindest führt sie eine Art Regiment über die Arbeiter und Angestellten und packt überall mit an. Sie ist auch zuständig für Sitte und Anstand und die Verhältnisse der Leute untereinander. Vieles, was moralisch aus dem Ruder laufen könnte, bleibt an ihrem filternden Blick und geradeaus gerichteten Nervenbahnen hängen, die keinerlei Umwege ermöglichen, durch welche Synapse auch immer. Trotzdem führt sie ein sehr offenes Haus mit wohlhabenden und geistig anregenden Freunden, die ihre Liebe zu den schönen Künsten beflügeln und die kriegerische

Vergangenheit der Nazizeit und die schlechten Erlebnisse vergessen lassen. Als Bianca ihrer Freundin Anni ihren Mann vorstellt, hebt diese ihren Kopf erhfürchtig zu seiner beeindruckenden Denkerstirn und seinem verbleibenden, lockigen Haarkranz um die immer tiefer werdende Glatze. Und, er ist charmant.
„Sie sind also die Schulfreundin meiner Bianca, Frau ... Anni, darf ich Anni zu Ihnen sagen?"
Die Anni ist sofort hingerissen. „Und Sie sind der Herbert, gell. Hast du einen charmanter Mann, Bianca", sagt sie, ohne ihn dabei aus den Augen zu lassen und ihn über die Maßen strahlend anzulächeln. Dann schiebt sie mich wieder vor sich her.
„Das ist meine Nichte, das Christerl, die Tochter meiner armen Schwester."
Er gibt mir seine warme, freundliche Hand und drückt sie leicht. „Und du bist die Christl. Bist ja fast so alt wie unsere Enkelin, das Lorle. Sie kommt gleich, dann könnt' ihr euch beschnuppern." Ich sage gar nichts, sondern nehme schnell meine nass geschwitzte Hand zurück. Dann ziehe ich die Enden meiner zipfelnden Bluse mit den eingehängten Daumen so weit nach unten, dass sie fast auseinander reißt.
„Sag' halt was!", die Anni stupst mich von hinten, „Sie red't normalerweise schon, müssen Sie wissen, Herbert. Aber jetzt geniert sie sich halt a bissl' vor so viel feine Leut, gell."
Meine neue Dauerwelle löst sich in dünne Kringelfäden auf und ich starre angestrengt auf den Boden, der sich trotzdem nicht auftut. Tief in meinem Innern höre ich mich seufzen und hoffe zutiefst, dass es keiner hört.
Nach einer guten Stunde verabschiedet sich die Anni. Der Kurt steht schon ungeduldig und rauchend vor dem Haus und macht gerade Anstalten, die Gartentür zu öffnen.
„Ich komm' schon", ruft sie ihm fröhlich zu, bevor er die Klinke in die Hand nehmen kann. „Kannst dich schon ins Auto reinsetzen. Ich bin gleich da."
Sie schenkt dem Herbert ein bezauberndes Lächeln, als sie ihm die Hand gibt, um sich zu verabschieden. „Wissen Sie, Herbert, das ist mein Sohn Kurt. Ein ungeduldiger Kerl. Er hat mich herausgefahren zu euch,… zu Ihnen, ... mit seinem Opel. Ganz schnell fährt er damit, der Kurt. Ich meine, ich muss ihn immer bremsen und auch a bissl schmieren, wenn du weißt, was ich

meine.“ Die großen Augen hinter ihren Brillengläsern blitzen unvermittelt auf und genauso schnell hält sie sich die Hand vor den Mund. „Mein Gott, jessas na, jetzt hab‘ ich du zu Ihnen g’sagt, Herbert. Nix für ungut, das is mir jetzt direkt ganz leicht über die Lippen gegangen.“ Der Herbert schmunzelt ganz leicht und tätschelt ihren Arm. „Aber ich bitt‘ Sie, Anni, das macht doch nix. In unserem Alter darf man schon Du sagen.“
Damit ist die Anni auch schon raus aus der Tür. Im letzten Moment winkt sie mir noch zu und ihre Lippen spitzen sich zu einem „Brav sein!“ Dann verschwindet sie auf dem Beifahrersitz und der Kurt fährt entgegen seiner sonstigen Fahrweise sanft davon.

Das „Lorle“, die Enkelin von Bianca und Herbert, ist gerade mal ein Jahr jünger als ich. Ein hübsches freundliches Mädchen mit dunkelbraunen Locken und einem leicht getönten Teint, der sich gegen meine Weißhaut samtig abhebt. Sie hat dunkle Augenbrauen und lange Wimpern, die zusammen mit ihrer dunkleren Haut ihren italienischen Vater verraten. Das „Lorle“ ist ledig auf die Welt gekommen und ihre Mutter, die Tochter aus erster Ehe von Bianca, hat ihr Kind den Großeltern mütterlicherseits zur Adoption übergeben, wieder geheiratet und erwartet ein dieses Mal eheliches Kind von ihrem blonden, wieder italienischen Mann. Sie wohnen beide auf dem gleichen Grundstück im Haus gegenüber und die junge Familie ist auch im Betrieb vom Herbert und Bianca beschäftigt. Guiseppe, ihr blonder italienischer Ehemann, kümmert sich auch noch um den großen Garten, wenn er nicht irgendwelche Maschinen bedient und seine Frau Lucie sortiert die kleinen Messer für die Reifen-Runderneuerung, sodass die ganze Familie von Herberts Firma gut durchs Leben gesteuert wird.
An diesem Abend darf ich bei meiner zukünftigen Schwester, der Lorle schlafen. Meine neuen Eltern haben eine Art Schlafcouch für mich in ihr hübsches Zimmer hineingestellt. Ich bin noch sehr aufgeregt und denke kurz vor dem Einschlafen mit Entsetzen an das Abendessen mit den so genannten Besteckbänkchen, von deren Existenz ich bis zum heutigen Tag keine Ahnung hatte. Jedenfalls konnte ich nicht besonders viel damit anfangen. Dass sie zum Schutz der damastenen Tischdecke gedacht waren, fiel mir erst auf, als ich den Suppenlöffel aus der Hand direkt auf die Tischdecke fallen

ließ und Bianca den kleinen nassen Suppenfleck merkwürdig betrachtete. Außerdem ist mir aufgefallen, dass während des Essens bei den anderen die Löffel fast geräuschlos beim Eintauchen in den Suppenteller waren, während bei mir ein lautes Klappern und Schlabbern zu hören war. Der freundliche Herbert jedenfalls sah hin und wieder besorgt auf meine zittrige Hand in Erwartung eines epileptischen Anfalls oder zumindest einer Ohnmacht, die ein vom Stuhlkippen unter Mitnahme des gesamten Porzellans samt unbekannter Besteckbänkchen zur Folge haben würde und deren Folgen im jetzt verkniffenen Gesicht von Bianca schon ein wenig abzulesen waren.
Gott sei Dank ist all das nicht eingetreten und so liege ich jetzt einigermaßen entspannt in den frischen Bettlaken, die ein wenig nach Gras duften und mich so gar nicht an das verrauchte Bett meiner Tante Anni erinnern.
Am nächsten Tag lerne ich Lucie, Lorles richtige Mutter kennen. Sie steht plötzlich im Esszimmer und schaut mich neugierig an.
„Du bist die Christl, oder?“ Im Gegensatz zum Herbert und der Bianca spricht sie bayrisch und ist auch nicht so vornehm. Als sie mir die Hand gibt, ist die genauso schrundig wie die Hand meiner Tante nach dem Oktoberfest und dem vielen Entdornen der Rosen. Sie hat eine blaugraue Kittelschürze mit dunklen Ölflecken an den Taschen an und erzählt ihrer Mutter, dass eine Stanzmaschine im Betrieb nicht mehr richtig funktioniert und repariert werden muss.
Sie ist mir sympathisch, die Lucie, wie sie so in ihrer Einfachheit dasteht und ihrer Mutter Rede und Antwort steht, die noch beim Frühstück sitzt und gerade den Kaffeelöffel auf ein Besteckbänkchen legt. Aber ich merke auch, dass sie mich beobachtet und fühle mich nicht wohl dabei.
„Und, gefällt‘s dir hier?“ Ich nicke und glaube eigentlich nicht, dass die Lucie das wirklich wissen will. Wenn sie mich so anschaut, zieht sie ihre Augenbrauen ein wenig nach oben und die braunen Augen scheinen etwas von mir zu wissen, was ich nicht weiß oder auch gar nicht wissen soll. Jedenfalls lächeln sie nicht, auch wenn sie die Lippen verzieht und ein paar kleine Zähne zum Vorschein kommen. Als Bianca ihre Stoffserviette zur Seite legt und aufsteht, fängt Lucie wie selbstverständlich an, das Frühstücksgeschirr abzuräumen, als wäre das ein Teil ihrer Pflichten und sie nicht die Tochter des Hauses sondern eine Putzfrau, die schnell mal das hochherrschaftliche

Dienstmädchen vertritt. Man sieht Lucie nur immer in ihrer Arbeitskleidung und wenn abendlicher Besuch kommt, ist Lucie nie zu sehen, als wenn es sie gar nicht gibt.

Eines Nachmittags ist plötzlich in der Küche viel los. Es sollen ein paar Gäste am Abend kommen und vieles muss hergerichtet werden. Lorle und ich werden dazu eingeteilt, riesige Platten mit Wurst- und Käsespezialiäten zu arrangieren, dass es nach was aussieht und ich habe wieder einmal keine Ahnung, wie das geht. Bei der Anni zu Hause, aber auch bei der Fanni, haben wir am Abend die mitgebrachte Wurst vom Metzger auf einen kleinen Teller gelegt und gegessen (Käse mochte fast niemand) oder aber, wenn es spät geworden ist, gleich direkt aus dem Papier. Auf gar keinen Fall gab es Besteck oder gar Servietten. Nur an Weihnachten oder in der Wirtschaft. Und dann waren das nur ganz einfache Papierservietten. Die Butter wurde nicht einmal aus dem Papier gewickelt, sondern nur auf einer Seite aufgemacht, damit man an sie mit dem Messer hinkam. Der Paul hat oft nicht einmal sein Messer vorher abgewischt, sondern die Butter auch noch mit der Streichwurst verschmiert, bis ihm die Anni einen schrägen Blick zuwarf und meinte, er solle mit seinen Streichwurschtgriffeln bloß die Butter in Ruhe lassen.

„Soll ich vielleicht die Hirnwurscht da in die Mitte legen?“ Das Lorle verteilt gerade den Käse auf eine riesengroße Holzplatte, die man drehen kann. Es gibt sogar ein eigenes Käsemesser, das besonders geformt ist; mit zwei Zacken an der Messerspitze. „Zum Aufspießen“, sagt mir das Lorle, nachdem sie meinen fragenden Blick bemerkt: „Was für eine Hirnwurst meinst du denn? Die mit der gelben Haut heißt Gelbwurst. Du musst aber schon die einzelnen Wurstradeln auf die Platte verteilen und nicht einfach so auf einen Haufen legen.“ Ich fühle mich, als würde ich aus einer Höhle auftauchen und erst jetzt merken, dass ich nur einen dreckigen Kohlensack anhabe. „Ach so!“

„Und leck‘ dir nicht dauernd die Finger ab, wenn du die einzelnen Radl‘n auflegst! Wenn die Mutti das sieht …“ Das Gesicht brennt mir vor Scham.

„Und dazwischen legst du ein paar Tomaten. Die kleinen da. Siehst du, so wie ich die Weintrauben beim Käse hinlege.“

Ich schaue ihr dabei zu, wie sie die Trauben in kleinen Bündeln zwischen den Käse drapiert und versuche das Gleiche mit den Tomaten. Aber in Wirklich-

keit finde ich jetzt schon diesen Abend gelaufen und sehne mich danach, dass er bald wieder vorbei ist und ich hoffentlich nicht beim Essen da sein muss. Muss ich auch nicht. Herbert und Bianca stellen mich lediglich der Gesellschaft als Pflegekind vor, dass sie aus Gründen der Menschlichkeit aufgenommen haben, weil sich doch meine Mutti das Leben genommen hat. Jetzt brennt mir schon wieder das Gesicht und ich flüchte mich zur Lorle, die wie ich am Kindertisch in der Küche verköstigt wird.
„Wer sind die denn?“
„Die große blonde Frau dort mit den lackierten Fingernägeln ist die Tante Renate. Sie ist Hausdame oder Sekretärin von dem Schau spieler, dem Curd Jürgens, der gerade wieder geheiratet hat. Sie ist eine Freifrau. Und früher war sie eine Freiin von ..., das habe ich jetzt vergessen.“
In diesem Moment kommt die blonde Freifrau auf uns zu und umarmt die Lorle sehr herzlich. „Wie hübsch du wirst. Wenn mein Hajo das mitkriegt, wird er sich in dich verlieben, wenn du älter bist.“
Lorle verzieht ihr Gesicht und zeigt mir durch eine Grimasse, dass ihr dieser Gedanke nicht besonders willkommen ist. Später meint sie dann: „Der Hajo ist ihr Sohn und ein Depp. Der kann nicht einmal normal reden, sondern nur Hochdeutsch und tut immer so vornehm, weil er auch ein „von“ ist. Außerdem hat er das ganze Gesicht voller Pickel und tut immer so blöd. So wie sie halt.“
Die Lorle hat die bayerische Art ihrer leiblichen Mutter, der Lucie, geerbt, auch wenn sie Lucie zu ihrer Mutter sagt und Mutti zu ihrer Großmutter. Die Lucie mag die Tante Renate schon überhaupt nicht, weil sie immer so fein tut. Und da ist die Lorle sehr solidarisch mit ihrer Mutter, auch was den Hajo angeht.
Für das Abendessen wurde der Tisch im Esszimmer ausgezogen und schön eingedeckt mit silbernen Serviettenringen, Stoffservietten und Besteckbänkchen, die mir jetzt nicht mehr so fremd sind. Vor jedem Gedeck stehen mehrere Gläser, die jetzt nach und nach von einem Serviermädchen mit Wein oder Wasser gefüllt werden.
Wir in der Küche hören nur Gesprächsfetzen von den anwesenden Gästen. Mehrere Namen fallen wie Hitler, Himmler, Göring, Hajo, Botschafter und immer wieder ist es die Tante Renate, die am meisten erzählt. Die Gesell-

schaft spricht über den verlorenen Krieg und die vielen Offiziere, die umgekommen sind, auch der Hajo, und über ein Attentat, das leider nicht geglückt ist. „Dieser Hitler hatte sieben Leben, wie eine Katze“, sagt Bianca und kommt zu uns in die Küche, um die Butterdose wieder aufzufüllen. „Die haben schon ein halbes Pfund Butter gegessen, unfassbar“, murmelt sie beim Hinausgehen.
Von Hitler haben sogar meine Tanten geredet, wenn ihnen danach war. Erst vor ein paar Monaten haben wir in der Schule einen Film gesehen über die Konzentrationslager in Deutschland und im Osten. Das waren schreckliche Bilder von völlig verhungerten Menschen und vielen, vielen Leichen auf Schubkarren. Einigen von uns ist schlecht geworden und ein paar Lehrer haben dann gemeint, dass man solche Filme der Jugend nicht zeigen sollte. Mir ist nicht schlecht geworden, aber ich habe der Tante Anni davon erzählt. Und sie hat dann von ihm gesprochen und wie das alles angefangen hat und keiner geglaubt hat, dass dieser Hitler so hoch kommt. Dass ihre Cousine Anni bei dem Attentat damals in München im Bürgerbräukeller schwer verletzt worden ist. Dass der Hitler ihre Cousine Anni dann im Krankenhaus besucht hat und die Anni ganz stolz auf diesen Besuch war, später aber nicht mehr darüber geredet hätte.
Davon hat sie erzählt, aber auch von den Bauern, die den hungernden Stadtmenschen, die zum Hamstern aufs Land gefahren sind, nur Lebensmittel gegeben haben, wenn sie ihnen die schönen Teppiche und das feine Porzellan und den kostbaren Schmuck da gelassen hätten. So mancher Bauer hatte sich dann die schönen Teppiche in seinen Kuhstall gelegt. Sie war selber auch oft genug zum Hamstern gefahren, aber immer wieder auf nette Bauern gekommen, die ihr die Butter, die Eier und das Mehl geschenkt haben, weil sie ja selber nichts gehabt hat und vorsichtshalber ihre kleinen Kinder mit genommen hat, die die Bauern dann mit großen Augen angeschaut haben.
Die Fanni hat dazu gesagt, dass der Hitler immer so geschrien hätte, auch so hässlich gewesen ist und dass man ihr den Hitler hätte auf den Bauch binden können. Und der „hupfad“ Göbbels hat selber ausgesehen wie ein Jud‘.

In den Sommerferien verreisen wir zu viert in dem schönen großen Mercedes-Reisewagen nach Frankreich und ich bin ganz selig, dass ich mitfahren

darf. Zum ersten Mal bin ich in einem anderen Land mit einer fremden Sprache, auch wenn ich in der Riemerschmid- Handelsschule schon Französisch lernen soll. Die paar wenigen Brocken, die ich kann, versuche ich auch zu sprechen, um bei meinen neuen Eltern zu punkten. Doch die Franzosen hören mir nur sehr aufmerksam und höflich zu, um dann nichts zu antworten oder mit den Schultern zu zucken.
Die vielen alten Loire- Schlösser, die uns Bianca und Herbert zeigen, sind unserer jungen Welt zu alt und zu wenig lebendig. Lorle und ich springen viel lieber auf den Schlosshöfen herum oder besuchen die gruseligen Grüften in den großen Kirchen. In der Kathedrale von Chartres dürfen wir in einer abendlichen Lichtervorstellung mit Orgelmusik die Geschichte der Jeanne d'Arc hören. Allerdings ohne ein Wort zu verstehen, gelangweilt im Halbdunkel zu sitzen und heimlich miteinander zu flüstern und zu lachen, bis uns Bianca aus der Kathedrale schickt. In Paris stehen wir auf der obersten Plattform vom Eiffelturm und können die Größe dieser Stadt nicht fassen, wobei ich allerdings auch nur auf der Plattform vom Alten Peter in München den Blumenstand von der Anni und den Viktualienmarkt bewundert habe und von Größe nichts wirklich weiß.
Mehr Erinnerungen bleiben mir von der Reise nicht, denn als wir nach Hause kommen, habe ich die erste Klavierstunde bei Herrn Eham und mein Glück ist vollkommen. Die ganze Zeit schaue ich schon der Lorle beim Klavierspielen zu, wie ihre Finger leicht und mühelos von Taste zu Taste gleiten und stelle mir vor, wie es sein wird, wenn ich die Melodien in meinem Herzen so nachspielen kann wie die Lorle vom Notenblatt, mit dem ich gar nichts anfangen kann. Warum man so ein Notenblatt überhaupt braucht und wie es zu verstehen ist und warum man es verstehen soll, muss ich erst noch lernen. Als meine erste Unterrichtsstunde beginnt, begreife ich gar nicht, warum meine Finger so viel schwerer und langsamer sind als die von der Lorle und dass meine wie Schildkröten über die Tasten kriechen. Dann soll ich die Töne nachsingen, die Herr Eham antippt:„C, D, E, F, G, A, H, C"
Ich singe irgendwas und er schüttelt den Kopf. Ich singe was ich höre und er schüttelt den Kopf. Dann singe ich nicht mehr und Herr Eham schüttelt wieder den Kopf und schnauft.

Die seltsamen Notengebilde, die ich lernen soll, sind für mich Punkte mit und ohne Fähnchen, die sich auf verschiedenen Linien aufhalten. Sie haben alle Namen, die nur aus einem Buchstaben bestehen und die ich mir merken soll. Auch, auf welchen Tasten sie unbekannterweise sitzen.
„Was ist das für ein Ton?“. Herr Eham schlägt das C an.
„Ein A“, Herr Eham schüttelt den Kopf.
„Ein Z“, Herr Eham klappt den Klavierdeckel zu und verabschiedet sich bis zur nächsten Stunde, nicht ohne noch einmal hörbar aus und ein zu schnaufen.
Nach einer weiteren Klavierstunde ein paar Tage später kenne ich schon ein paar Noten und weiß auch, dass es nur ein C gibt und kein Z. Die erste kleine Melodie, die ich spielen darf, klingt nach Topfschlagen mit einem feuchten Lappen oder einem Hammer. Meine Finger rutschen vor Aufregung von den Tasten ab und hinterlassen feuchte Spuren. Wenn ich mich nach den Noten umsehe, komme ich nicht mehr rechtzeitig zu den Tasten zurück und umgekehrt und meine Schildkröten-Hände schnaufen jetzt schon genauso wie Herr Eham. Zu einer dritten Klavierstunde kommt es wegen andauernder Talentlosigkeit nicht mehr.

Seit der Pleite mit der Klavierstunde wissen Bianca und Herbert, dass ich kein hoch begabtes Kulturwesen bin. Auch was die Schule angeht, bin ich keine Leuchte und sie überlegen schon laut, ob ich nicht in einer Hauswirtschaftsschule besser aufgehoben wäre. So eine Schule könnte überhaupt auch das Ende meiner Laufbahn sein, nachdem mir immer alles aus der Hand fällt und ich durch meine Tante Anni, die außer einem Pfannkuchen küchenmäßig gar nichts drauf hat und vom Putzen auch nicht besonders viel hält, eine ausgesprochen schlechte Vorbildung habe. Und dann kommt auch noch dieses Gespräch von Herbert, dem Vati, mit einem Geschäftspartner dazu, das ich versehentlich mit anhören muss.
„Ihr Töchterchen sieht Ihnen aber sehr ähnlich, Herbert.“ Ich stehe gerade an der Tür zum Garten und lächle den Fremden an, als ich das höre, aber Herbert stellt die Dinge richtig. „Ach, Sie meinen die Christa. Nein, nein, das ist nicht meine Tochter, sondern nur ein Pflegekind. Meine Frau und ich haben sie aufgenommen.“

Ich verschwinde und meine Seele erzählt mir, dass sie traurig ist. Auch das mit der Schlafcouch im Zimmer von der Lorle, meiner Schwester, hat sich schnell geändert. Ich werde plötzlich ein Stockwerk höher einquartiert, damit ich auch ein eigenes Zimmer habe, wie Bianca mir erklärt. In diesem Zimmer schläft normalerweise der Onkel Mollo, der Bruder vom Herbert, wenn er aus Istanbul auf Besuch kommt. Es hat ein eigenes Waschbecken, sodass ich nicht unbedingt das Badezimmer im ersten Stock benutzen muss, das Herbert sehr zum Unmut seiner Frau, die sich ein getrenntes Schlafzimmer mit ihren selbstgemachten Cremes teilt, immer stundenlang blockiert. Außerdem habe ich das Gefühl, dass immer irgendjemand mit der Stoppuhr vor dem Badezimmer steht, wenn ich mich wasche und die Sekunden mitzählt, die ich üblicherweise nur brauche, um mir ein wenig die Augen auszuwischen und kurz über die Zähne zu bürsten. Bei der Anni zu Hause war das Waschen sowieso nicht so angesagt. Nachdem es kein Badezimmer gab, sondern nur auf der gemeinsamen Toilette mit der Nachbarin einen Kaltwasserhahn, wurde ich immer schneller mit dem Waschen, was auch mit der Kälte zu tun hatte.
Mein neues Zimmer besteht fast nur aus Antiquitäten, wie mir Bianca erklärt und ich müsste sehr aufpassen und ja nichts anfassen. Mit Antiquitäten kenne ich mich nicht so gut aus. Eigentlich weiß ich gar nicht, was das genau heißt. Nur, dass es sehr alte Sachen sind, die meine Tante Anni nur mit spitzigen Fingern anrühren würde, weil man so ein altes „Glump" eigentlich in dieser draufgängerischen neuen Zeit wegschmeißen müsste. Noch vor ein paar Jahren hat man die Möbel aus den Ruinen herausgeholt und sie irgendwie passend aufgestellt, aber jetzt kann man fast alles auf Raten kaufen, so wie unser Schlafzimmer daheim bei der Anni. Dann ist es auch noch neu und es ist noch niemand drin gelegen in so einem neuen Bett. Das hat auch der Weiß Ferdl in einem seiner Sketche sehr schön beschrieben, wie die Frau mit dem Federbett in die Straßenbahn einsteigt und alle darüber empört sind, weil niemand weiß, wer in diesem Bett schon drin gelegen ist.
Das Bett in meinem neuen Zimmer ist ein antikes Holzgestell mit vergoldeten Figuren auf den Bettpfosten. Alles quietscht, wenn ich mich umdrehe und das mache ich oft, weil ich manchmal keine Luft kriege. Das Oberbett

liegt zentnerschwer auf mir und ich habe immer zu tun, um das ganze Gewicht von mir weg zu schieben. Wenn es weg ist, fange ich wieder zu frieren an und wenn der Mond ins Zimmer scheint, schimmern auch die vergoldeten Gestalten auf den Bettpfosten wie Gnome, die sich nachts gruselig in meine Träume einschleichen. Dann steht da noch eine alte Kommode, die auch sehr alt riecht und deren Schubfächer nur unter lautem empörtem Knirschen aufzukriegen sind. Da lege ich meine wenige Wäsche hinein und hoffe, dass sie nicht von den antiken Holzwürmern angefressen wird.
In einen mit kirchlichen Motiven bemalten Schrank hänge ich die zupfelige Rüschenbluse und den auf Tante Hildes Taille genähten Rock, dem ich nicht gerecht werde. Außerdem besitze ich noch einen gestreiften Latzrock aus Jeansstoff, den ich sehr liebe und den mir die Fanni für die Reise gekauft hat. Darin sehe ich nicht ganz so hölzern aus, weil die bunten Streifen auf dem Latz fröhlich wirken. Bei Bianca, zu der ich mittlerweile Mutti sage, kommt der Latzrock nicht so gut an. Auch nicht meine weißen Skistiefel, die ich mitgenommen habe, in der Hoffnung, damit aufzufallen.

Das neue Zimmer mit den Antiquitäten jedenfalls wird mit mir nicht warm. Die fehlende Wärme erstreckt sich auch auf die Hausbewohner. Mit jedem neuen Tag, der über den Horizont schleicht, wird mir immer mehr bewusst, dass das hier auch nicht mein Zuhause werden wird. Die Lorle ist zwar gleichbleibend freundlich, aber auch sie hat mittlerweile das Interesse an einer Schwester verloren, die sich immer mehr als linkisch und schwierig herausstellt. So verstummt mein Schicksal allmählich. Auch Bianca bemüht sich nicht mehr besonders, mir einigermaßen akzeptable Tischmanieren beizubringen, nachdem ich gestern Abend schon wieder und zum wiederholten Male das Messer im Mund hatte. Herbert, also Vati, hat gar nichts mehr gesagt, sondern nur noch den Kopf geschüttelt. Das vernichtende Urteil von Herr Eham über mein Musikgehör trägt auch nichts Positives bei, sodass ich immer mehr zu einem unbegabten Wesen verkümmere, das keinerlei Talente vorzuweisen hat und mehr schlecht als recht durch die Schule rutscht. Dass ich zwischenzeitlich probehalber die Aufnahmeprüfung für das humanistische Gymnasium bestanden habe, wenn man das zugelassen hätte, nimmt keiner mehr zur Kenntnis. Vor allen Dingen auch deswegen,

weil das mittlerweile auf einem Geburtstagsflügel spielende Lorle diese Hürde nicht schafft.
Auch Lucie, die eigentliche Mutter von der Lorle, beäugt mich von Tag zu Tag misstrauischer und fragt mich immer öfter nach meiner Vergangenheit. Wie es bei mir zu Hause gewesen war, wer mein Vater ist und dass dieser Stiefvater Franz ja gar nicht mein Vater wäre.
Das weiß ich schon selber, denke ich, aber meine Seele wird immer kleiner und ängstlicher. Meistens sage ich gar nichts bei diesen Verhören, sondern vergrabe meine Daumen wieder in die Zipfelbluse.
„Und deine Tante Anni lebt ja mit einem Mann zusammen, oder? Wo habt ihr denn da alle geschlafen? Die Wohnung ist doch recht klein", fragt sie mich gerade, als ich von der Schule nach Hause komme. Jeden Morgen fahre ich mit dem Zug nach München zur Riemerschmid-Handelsschule und mittags wieder zurück. Wenn die Schule zu Ende ist, renne ich immer noch schnell zum Marienplatz, um den Blumenstand zu besuchen und zu sehen, ob es etwas Neues gibt mit der Anni, dem Paul, der Fanni oder der Luise. Vielleicht ist ja auch jemand aus- oder umgezogen, zum Beispiel der Onkel Paul aus ..., dann könnte ich bei der Tante Anni wieder einziehen und müsste nicht ... na, ja! Aber nichts passiert. Meistens treffe ich nur die Luise, die mir jedes Mal fünfzig Pfennig von der Anni gibt, damit ich mir am Bahnhof wenigstens was Süßes kaufen kann.
Warum fängt jetzt ausgerechnet die Lucie immer von dem Paul zu reden an. Mein Herz fängt schon wieder an, ganz laut zu klopfen und ich habe Angst, dass man es hört.
„Der Onkel Paul wohnt halt noch dort ... Der schläft im Wohnzimmer." Ich weiß, was die Lucie von mir wissen will. Unter den Blicken, die sie ständig mit ihrer Mutter austauscht, werde ich immer mehr verlegen und unsicher. Jetzt wird auch plötzlich die Luft wieder weniger und ich möchte mich am liebsten umdrehen und gehen, damit ich wieder atmen kann.
„Und du, wo hast du geschlafen?", jetzt werden die braunen Augen von der Lucie zu schwarzen spitzigen Stecknadeln, die mich fast aufspießen. Auch die kleinen Zähne, sonst immer zu sehen, sind hinter den Lippen verschwunden. Sie ist nicht nur neugierig, das spüre ich. Etwas will sie von mir wissen, dass niemand erfahren darf.

„Ich hab‘ mit der Tante Anni im Schlafzimmer geschlafen. Sie hat extra ein neues gekauft. Ein neues Schlafzimmer. Und der Paul ist auch oft nicht da, weil er, weil ... er fährt oft weg!“, wieder tauschen sie miteinander Blicke aus. Die Bianca, die Lucie und ich stehen da, mit meinem Wissen über die Dinge des Lebens, von denen ich eigentlich nichts wissen dürfte.
„Jetzt lass‘ sie in Ruhe, Lucie“, unwillig schüttelt Bianca jetzt den Kopf und steht vom Esstisch auf. Sie schaut auch ihre Tochter nicht mehr an, sondern verschwindet in der Küche, um für mich etwas aufzuwärmen. Das ist für mich auch zu einer Strafe geworden, dieses Essen nach der Schule und der Heimfahrt. Mit den fünfzig Pfennig von der Luise kaufe ich mir immer am Bahnhof eine Tüte Eiskonfekt, das so wunderbar auf der Zunge zerschmilzt. Dann bin ich eigentlich schon satt.
Nach ein paar Minuten kommt Bianca mit einem Teller zurück, auf dem ein halber gekochter Kalbskopf mit ein paar Kartoffeln liegt. „Jetzt iss und dann machst du deine Hausaufgaben! Lucie, gehst du jetzt wieder runter in den Betrieb. Die Messer für Stuttgart müssen noch gemacht werden.“ Lucie bekommt einen grantigen Gesichtsausdruck und klappert mit ihren Schlüsseln in der Schürzentasche.
„Mach‘ ich schon noch“, dann geht sie über die Terrasse den Hang hinunter zum Fabrikgebäude. Rechts und links der Steinstufen sind Rosenbeete angelegt, die Bianca regelmäßig ausjätet. Manchmal sieht man sie stundenlang mit gebeugtem Rücken zwischen ihren Rosen stehen und mit ihren kräftigen Händen Unkraut herausreißen. Auch zwischen den Steinplatten zwängt sich so mancher Huflattich hervor, den sie mit einem raschen Griff entsorgt. Aber meistens bleibt die Wurzel stehen und er wächst schnell wieder nach.
Manchmal muss ich auch das Unkraut zwischen den Rosen und Steinplatten rausreißen. Doch ich kann mich nicht so lange bücken und muss mich dazwischen immer wieder aufrichten und meine langen, unflexiblen Knochen auseinander ziehen. Dann sieht Bianca mich wieder nur kopfschüttelnd an: „Das kommt alles davon, weil du so schnell gewachsen bist und du bei der Anni nichts Ordentliches zu essen bekommen hast. Immer dieses Wirtshausessen. Und dann der viele Rauch. Sie raucht ja wirklich eine nach der anderen.“
Jetzt sitze ich vor dem Kalbskopf, der mich mit seinem einen leeren Auge so anschaut, als wäre er direkt aus der Hölle angereist. Ich versuche mit dem

Messer in ihn hinein zu schneiden, aber immer wieder rutsche ich ab. Mittlerweile fängt es in meinem Magen an zu rumoren und die vielen Eistörtchen machen sich auf dem Weg nach oben. Als ich nach geraumer Zeit mit betretener Miene wieder von der Toilette zurückkehre, ist der halbe Kalbskopf verschwunden und mit ihm das Tischtuch samt Besteckbänkchen. Bianca schaut mich nur kurz an, als ich verlegen neben dem Stuhl stehenbleibe und nicht weiß, ob ich mich jetzt wieder hinsetzen soll. Nachdem nichts mehr passiert, nehme ich vorsichtig meine Schultasche und schleiche mich leise aus dem Esszimmer Richtung Antiquitäten und Gnome.
Im Verlaufe der nächsten Wochen werde ich so richtig nicht mehr wahrgenommen. Manchmal merke ich selbst nicht mehr, dass ich da bin. Das Lorle spielt weiterhin ihre schönen Melodien auf dem neuen Flügel und ich sitze nur mehr in Hörweite. Auch zusehen soll ich nicht mehr, weil das sowieso nichts bringt und außerdem das den Herrn Eham nervös macht, meint die Bianca. Das Lorle meint aber, dass ich gar nicht so schlecht gewesen wäre bei meinen ersten Klavierstunden und dass sie am Anfang auch nie den richtigen Ton getroffen hätte. Manchmal versucht sie auch noch, mir Mut zu machen bei meinem täglichen Kampf, nicht übersehen zu werden.

Eines Tages sitze ich am Abend bei Lucie im Wohnzimmer. Herbert und Bianca sind verreist und haben das Lorle mitgenommen. Lucie verpflegt mich während der zwei Tage und ich erzähle ihr vom Viktualienmarkt und meinen Tanten. In Lucies Wohnung fühle ich mich besser, als bei Bianca und Herbert. Sie ist viel einfacher eingerichtet und man muss sich auch nicht dauernd die Füße abputzen oder die Schuhe ausziehen. Auch ihr Mann Mario ist ein freundlicher Mensch. Wenn er spricht, verdreht er manchmal die Wörter. Ich glaube auch, dass er Angst hat vorm Sprechen, weil er immer wieder stockt und dann ganz leise wird, wenn er sich wieder versprochen hat. Vielleicht stottert Mario auch, aber wenn das so ist, dann finde ich es sehr sympathisch.
Es ist die anheimelnde, warmherzige Atmosphäre, die mich zum Sprechen verleitet. Auch das Mitgefühl, das Lucie an den Tag legt, als ich anfange mich darüber zu beschweren, dass man mich so allein lässt und dass ich so gern bei meiner Tante Anni in München wohnen würde, weil ich den Vik-

tualienmarkt und den Blumenstand so liebe. Und wenn der Paul nicht mehr da wäre, wäre alles viel besser.
„Das kann ich schon versteh`n, dass du dich allein fühlst. Meine Mutter kümmert sich sowieso nur um ihre hochnäsigen Freunde, die sie hat, die Renate zum Beispiel und ihr Früchterl als Sohn, die Freifrau von … “, und das „von“ dehnt sie ganz lang und lacht dabei.
„Das sind richtige Nassauer sind des, aber adelig sind's. Und darauf fällt meine Mutter rein, weil die adelig sind. So ein Schmarrn! Warum, was ist denn mit dem Paul? Tut er dir was?“
Lucie lehnt sich zurück in ihren Sessel und schlägt die Füße, die in kurzen Söckchen stecken, übereinander. Sie hat immer noch ihren Arbeitskittel an und kramt mit den Händen ständig in ihren Taschen, als wenn dort ein Schatz verborgen wäre.
„Der Paul? ... Nichts ist mit ihm. Es ist nur ..., er macht ..., aber die Tante Anni schmeißt ihn nicht hinaus …“, jetzt stottere ich gerade so wie der Mario. Die Worte hängen innen drin und versperren den Weg nach draußen.
„Du musst uns aber nichts ... erzählen, Christa“, sagt der Mario und schenkt sich ein Glas Wein ein. „Weil eigentlich geht uns das gar nichts ... an, Lucie“, sagt er zu seiner Frau.
„Warum, lass` sie doch reden, wenn es ihr gut tut“, Lucies Augen sind jetzt wieder ganz klein geworden und fixieren mich. Auch ihr Mund lächelt nicht mehr, genauso wie letztes Mal, als sie sich nach dem Paul erkundigt hat.
„Jetzt nicht mehr. Die ... die Fanni hat ..., sie hat der Tante Anni gesagt, dass sie ihn anzeigt, wenn er das … das nochmal macht. Und dass die Anni ihn raus schmeißen muss“, ich schlucke schwer und die Worte winden sich nach oben.
„Was hat er denn gemacht?“, Lucie hat ihre Hände aus den Taschen genommen und verschränkt sie jetzt vor den Bauch. Nach einer Pause lehnt sie sich nach vorn zu mir und stützt die Hände seitlich ab, als wollte sie aufstehen und gehen.
„Was hat der Paul gemacht? Und warum sollte deine Tante ihn raus schmeißen. Da muss er doch was gemacht haben mit dir?“
„Ich ... er hat mich angerührt ..., am Busen ... immer wieder ... und die Anni hat nix gesagt. Und er hat mir seine Zunge in den Mund ... und woanders hat

er mich auch angelangt." Jetzt war es draußen. Alles war draußen. Meine Angst, meine Scham, alles war draußen.

Ich sitze in meinem Antiquitäten-Zimmer und mache Schularbeiten, als mich Bianca zu sich ruft und mich fragt, ob ich ihr nichts zu erzählen hätte. Sie ist auf der Terrasse und schaut gedankenverloren auf ihre Rosenbeete, die schon den Herbst spüren und sich allmählich entblättern. Ich schüttle den Kopf. Was sollte ich erzählen, was ich nicht schon der Lucie erzählt habe.
„Du willst also zu deiner Tante zurück. Aber du weißt auch, dass das jetzt nicht mehr geht, nachdem, was du der Lucie erzählt hast", sie schweigt einen Moment und ein leiser Seufzer zieht über die Rosenbeete, „Schade, wir hätten dich gern behalten, aber du fühlst dich nicht wohl bei uns." Sie schaut mich jetzt direkt an: „Willst du mir nicht doch etwas dazu sagen?"
Ein kleiner Stich geht durch meine Seele, die mir zuflüstert, dass ich jetzt auf gar keinen Fall etwas sagen oder weinen darf, sonst müsste ich hierbleiben. Ich schüttle wieder den Kopf und schließe innerlich meine Augen, um die Tränen zurückzuhalten.
Bianca hat mein Kopfschütteln bemerkt. „Dann packen wir jetzt am besten deine Sachen. Der Herbert fährt dich dann nach München. Ich muss nur noch das Heim verständigen, wo du sofort einen Platz bekommst. Es ist fast in der Stadt, in der Nähe vom Max-Weber-Platz. Ein kleines Haus mit jungen Mädchen, so wie du, elternlos und noch in der Ausbildung. Von dort aus kannst du auch jederzeit deine Tante besuchen. Das willst du doch, oder?"
Ich nicke, fühle mich elend und allein wie nie zuvor. Da steht Bianca auf und geht auf mich zu. Für einen kleinen Moment nimmt sie mich in die Arme und drückt mich an sich: „In dem Heim kannst du so lange bleiben, bis du erwachsen bist. Und uns kannst du auch so oft besuchen, wie du willst und wenn du willst. Versprochen!"
Meine Zipfelbluse und der Jeansrock finden wieder Platz in meinem Koffer, der sich über die erneute Reise jetzt gar nicht mehr wundert. Auch die Lorle umarmt mich beim Abschied und Bianca nimmt meine beiden Hände in die ihren und drückt sie ganz fest.
„Du machst es schon richtig! Such dir selber einen Platz im Leben, da, wo du sein willst!"